新 潮 文 庫

少しだけ、無理をして生きる

城 山 三 郎 著

新 潮 社 版

9501

目次

少しだけ、無理をして生きる

はじめに　三人の男が東京駅ですれ違う

私は、逆境にさからうようにして生きた――具体的には、戦前の大不況を敢然と生きぬいた三人の男たちに興味を持っています。その御木本幸吉《みきもとこうきち》、広田弘毅《ひろたこうき》、浜口雄幸《はまぐちおさち》の三人が、同じ場所に居合わせたことがありました。

昭和五年十一月十四日午前九時少し前、東京駅四番ホームで超特急燕《つばめ》号が発車時刻を待っています。燕号の最後尾の車両である一等展望車には、真珠王・御木本幸吉が乗っていました。その展望車に、広田弘毅が乗り込んできます。広田は六年後に総理となり、十八年後には東京裁判で死刑の判決を受けます。この時の広田はソ連へ新任の大使として赴任するために、まず下関まで行き、船で海峡を渡ってシベリア鉄道でモスクワへ行こうとしている。広田の見送りのため、ホームには幣原喜重郎《しではらきじゅうろう》外務大臣が立っています。そこへ、岡山県で天皇の統監による陸軍特別大演習があって、陪観に出向くため総理大臣浜口雄幸がホームへの階段を上がってくる。そして浜口は、ホームの人垣の中に潜んでいた右翼にピストルで撃たれてしまいます。わずか三メートルほどの至近距離でした。

この襲撃の反応を見ますと、それぞれが実に彼らしい反応をしていて、面白いのですね。

御木本幸吉はむろん吃驚《びっくり》しながらも、とにかく見ているのです。御木本さんは好奇心の塊みたいな人ですから、総理襲撃の一部始終を汽車の窓から一生懸命見ていた。そして、広田さんも吃驚しただろうけれども、自分の仕事は赴任することなのだからと、慌《あわ》てず騒がず、燕号にそのまま乗っていく。見送りに来ていて現場に遭遇した幣原外相は、自分も内閣の一員である総理がすぐそばで腹を撃たれて倒れたのですが、そちらには目を向けずに、汽車が出るのをきちんと見送ります。つまり、自分は広田大使を見送りに来たのだから、とにかくまず広田を見送らなくてはならないと、燕号がホームを離れていくまでずっと立っている。

そして、駅長室に担《かつ》がれていった浜口さんは、苦痛に耐えながら、撃たれたことは「男子の本懐だ」と呟《つぶや》きます。金解禁もやり、軍縮もやり、きびしい緊縮財政の予算閣議も終えて、もう自分は一身を燃焼させて、命を懸けてやってきたのだから、ここで斃《たお》れても男子の本懐だという有名な台詞《せりふ》を言った。そこへ幣原がホームから駆けつけてきます。

この歴史の一コマに、そんな人たちがたまたま立ち会ったのですが――まあ、燕号の一等車というのは戦前の日本を代表する乗り物ですから、いろんな人が居合わせて当然でもありますが――私は東京駅の彼らのふるまいから、彼らの魅力の本質のようなものを感じるのです。逆境をものともせず、周りの人たちを動かし、時代を切りひらいていく、人間の魅力の核を見るのです。

私は一介の文士であって、学者のように専門というものがありませんので、まとまった話はできません。自分が小説のために調べた人物、あるいは興味をおぼえて実際に会った人たちについてお話をしながら、みなさんと〈人間の魅力〉について考えることができればと思います。浜口さんたちについても、あとでまたゆっくり触れましょう。

1　初心が魅力をつくる

魅力とは何か、非常に定義しにくい言葉です。けれども逆に、〈魅力がない〉とは何かを考えてみると、こちらはわかりやすいですね。魅力のない人とはどういう人か、みなさんの周りを見回しても割に多いんじゃないですか? つまり、型にはまった人ですね。これは魅力がない。周りに大勢いるということは、人間はつい、すぐに型にはまった暮らしをしてしまうのです。あるいは、型にはまった人間になってしまうのです。

型にはまる、というのを、〈椅子《いす》〉と置き換えてもいいでしょう。日本の会社をのぞいてみますと、平社員だと小さな机に座っている。係長になると少し大きくなって、課長になるともっと大きくなる。社長になるとものすごく大きな机に座る。態度も椅子に比例してだんだん大きくなっていきます。平社員のうちは小さくなっているけれども、机が大きくなるにつれて尊大になってきて、社長になるとふんぞり返っている。

こういう人間は詰まらない。椅子に支配されたり、椅子をかさにきたり、椅子に引きずられたり、そんな人間がいちばん魅力がありませんね。とすると、椅子の力とは全く関係なしに生きている人間ほど魅力的だ、と言えるかもしれません。

比喩《ひゆ》的に〈椅子〉と言いましたが、しかし、自分の置かれた立場に対して懸命に生きている人間も、これはこれで魅力的なのです。昔、車掌がいた時代は、春にバスに乗るのが好きでした。新米の車掌さんが一生懸命やっていて、時には間違えたりもして、赤くなったりおどおどしたりもしながら、なおひたむきに働いている。非常に初々《ういうい》しくて、目にも耳にも心地よく、乗客のサービスになっていると思うくらいでした。とにかく自分は新人なのだから、必死で頑張らなくちゃいけないと懸命になっている。これが五年経《た》ち、十年経つと、かなりいい加減になってきて、間違えても平気な顔をして、という具合になってきます。つまり、魅力を作っているのは〈初心〉というものなのですね。仕事に対してだけでなく、生きていく姿勢としての初心、初々しさ、というものはいくつになっても大事なんじゃないか。

もう三十年ほど続けている読書会があります。私が大学を卒業してすぐに、青二才のまま教壇に立った大学が名古屋にあるのですが、その大学で文学好きが五人集まりまして、月に一度の読書会を始めたのです。日曜日の午後をつぶして、「これは」と思う文学書をとりあげては議論し合おうじゃないか、という会です。しばしば声を荒らげる激しい議論にもなり、各人の家を持ちまわりで会場にしていたのですが、結婚したばかりのうちの家内が白熱した議論を大ゲンカと勘違いした、なんてこともありました。作家になる前からやっている会で、私にとって大いに勉強になりましたし、今では気持ちが若返るという効用もあります。読書会では三十年前とまったく同じように、私は一人の新米教師、一人の文学好きの青年にしかすぎないように、やっつけられる時にはひどくやっつけられますし、こちらも遠慮会釈《えしゃく》なく反論します。

ある年の春、この読書会を工藤好美《くどうよしみ》さんのお宅でやったことがあります。工藤先生は、八十何歳かになられる立派な英文学者です。一度お邪魔したことがご縁になりまして、毎年春、花の咲く時に工藤先生のお宅で読書会をやろうじゃないかとなりました。以来、ご迷惑を顧みず、桜の季節になると工藤先生のお宅でワーワー議論を戦わせています。そして別れ際《ぎわ》になると、工藤先生ご夫妻が「来年はやれるだろうか。来年もみんな集まってもらえるだろうか」と毎年言われるのです。誰かが病気でもしやしないか、あるいはご夫妻ともご老年ですから、はたして来年の春がまた迎えられるだろうかと、別れを惜しむようにして言われる。それが毎年、続いている。

工藤先生の言葉は、この一年、これからの一年を大事に、大切に生きたいということです。次の年の春まで、とにかく大事に人生を生きて、もう一度また花の下で若い人たちと議論したい、そしてまた次の一年を大事に暮らして……という感じを受けます。これも、初心ではないでしょうか。いくつになっても、初々しい心で人と触れ合うことができる、本について語り合える。そんな積み重ねが、人間あるいは人生を魅力的にしていくんじゃないでしょうか。

優れた芸人を見ても、やはり同じように感じます。先年、ラスベガスでサミー・デイヴィス Jr《ジュニア》の舞台を見ました。彼は、日本では洋酒のコマーシャルに出ていましたね。黒人で、背の低い歌手。いたって小柄だし、貧相で、ギョロ目で、顔は決していいとはいえない。けれど、彼はアメリカで最高のタレントとして評価されている。実際見てみると、なるほど、あの人のショーは実に素晴らしい。

彼のショーを見た日のラスベガスは、とても寒かったのです。あそこは砂漠ですから暑い土地ですが、珍しく冷え込んだ日で、さっそく司会者が話のネタにしていました。サミー・デイヴィスJrが登場したら、司会者がいきなり、「今日はものすごく寒いと思ったら、おまえ、ずいぶん縮んで出てきたな」。そんな冗談を飛ばしたら、サミー・デイヴィスJrがすかさず切り返して、「おれはこの歳《とし》になるまで子供服の売場にしか行ったことがないんだぜ、いまさら今日になって縮んだわけじゃない」なんて笑いを取るくらい、小男なんです。

ステージを見ていてすぐに気づかされたのは、その日の天候から始まって、ものすごく笑いが新鮮なことです。ラスベガスの劇場で何日もやっているのですが、「今日初めてやっているんだ」というニュアンスを、客に与えようとしているんですね。芸人は毎日やっていても、客は初めて見るわけですから。

わざわざ来てくれた客を笑わせよう、楽しませようと懸命に芸を披露している。もちろん歌手ですから歌を歌いますが、よく見ているとたっぷり汗を流していました。ステージの彼のやることなすこと全《すべ》てはリズムになり、画《え》になり、大変な鍛錬の時間を思わせますが、その上でなお、真剣な眼差《まなざ》しで汗を流しながら歌っている姿は感動的でした。アメリカのショービジネス界のトップに立つ彼にしてなお、初心、初々しさがあるのです。これが一流の芸人の持っている魅力だなあとつくづく思いました。

初心を持ち続けるとは、どういうことでしょう。あるいは、ずっと初々しくある、とはどういうことでしょう。これは、自分に安住せず、自分というものを無にして、人から受信し、吸収しようとする生き方です。逆に、政治家にそういうタイプが多いのですが、発信機能だけが肥大して発達し、受信機は故障している人がいます。とにかくしゃべることはものすごくしゃべるけれど、人の言うことを全然聞かないというタイプ、あれも魅力がありませんね。田中角栄という人なんかも私が会った時の印象はそのタイプでした。すると、「いや、彼はお金の情報だけは鋭く受信するんだ」と解説してくれる人がいましたが。

もちろん発信もしなくてはいけないけれど、同時に受信する能力も長《た》けていないといけない。今ある自分に安住しない。それが初心というものにつながっていく。

さきほど話に出た御木本幸吉、あの真珠王は、汽車に乗る時は二等車には決して乗りませんでした。必ず、一等車か三等車に乗る。一等車だったらそれこそ広田弘毅のような政財界の大物と乗り合わせますから、いろいろ話もできる。三等車は庶民が乗っていますから、大衆と肌で接して、やはりいろんな話が聞ける。いずれも情報が取れる。新しい知識、見聞を得ることができる。そこへいくと二等車というのは中途半《はん》端《ぱ》で面白くない、得るものがない、という考え方ですね。

御木本は貪欲《どんよく》に、新知識を求めてやまなかった人です。これはもう子供の頃からで、彼がしょっちゅう出かけて行ったのは、学校の先生のところとお寺のお坊さんのところでした。御木本が生まれたのは今の三重県鳥羽《とば》市で、昔の田舎でインテリといえば、教師と坊主《ぼうず》です。御木本は正規の教育を受けさせてもらっていないのですが、彼らのところへ子供の頃から始終顔を出して、いろんな話を聞く。それから、講演会があれば、少し遠くても必ず出かけて行って一生懸命聞く。まあ、これは聞くだけじゃなくて、彼は自分を売ることに熱心な男でもありましたから、いつも最前列に座って、講演が終わると手を挙げて、「自分は御木本幸吉という名前でありますが」とまず自己紹介をして、質問をする。そうやって名前を売り込んで、みんなに覚えられていく。とにかく好奇心の塊で、彼は色紙を頼まれると「智、根、運」、あるいは「智、運、命」と書いています。これには「knowledge, luck, long life」という英語までつけている。いずれにしろ、「智」というものを重く見ていました。終生、受信機能を鋭く働かせ、あらゆる機会を捉えて、受信し、吸収し、自らの糧《かて》としていきます。東京駅のホームで浜口が撃たれた時に、一部始終を見つめつづけたことが彼の本質だ、というのはそういう意味からです。

2　人は、その性格に合った事件にしか出会わない

受信しつづけ、吸収してやまない人ということでは、渋沢栄一の名前を逸すること
はできません。渋沢は、御木本幸吉がずっと意識していた大先達です。御木本は、渋沢が九十過ぎまで長寿を保ったというので、自分も長生きすれば少しでも渋沢に追いつけるかもしれないと願い、実際に九十六まで生きることになります。

私は『雄気堂々』という小説で、渋沢のことを書きました。彼は日本最大の経済人になり、近代日本の指導者の一人になるのですが、埼玉県深谷の山奥に住むお百姓の子供として生まれました。あの時代では、まったく出世できるはずのない生い立ちです。明治時代の立身出世コースというのは、薩長土肥《さっちょうどひ》、つまり薩摩《さつま》、長州、土佐、肥前の出身者、それも侍あがりで固められていましたが、そういう生まれではない。何でもない埼玉の外れの、比較的豊かな家とはいえ、百姓の息子が、なぜ日本最大の経済人になったかということを『雄気堂々』では書きたかったのです。

今でも深谷というのは何もないところですね。私も取材に行きましたが、深谷ネギというネギで有名ですが、つまりネギしかないようなところ。その小さな田舎の町に急行が止まる。これは有名な話で、地元出身の荒船清十郎運輸大臣が強引に急行を止めたんですね。まあ取材に訪ねるためには便利でしたが、ほとんど降りる客のいない駅です。渋沢はそんな田舎から出てきて、日本最大の経済人になった。その後もあれほど大きな経済人は出ていませんし、単に経済人というだけでなく、近代日本の代表的な指導者になった。これはなぜかというと、渋沢栄一の〈受信機能〉の良さのせいではないかと私は思っています。

彼の一族である渋沢雅英《まさひで》という人が書いた本によると、渋沢さんは晩年に至るまで、いつも自分の目の前にいる人に心のすべてを傾けて応対した、というのです。どんな時でも、どんな人に対しても同じ態度だった。

晩年の渋沢さんは日本の元老的な存在になっていて、総理大臣でも姿勢を低くして会いに行くような人物でした。ところが当の渋沢さんはどんな時でも、会う人に対して、例えば就職を頼みに来る学生、あるいは社会運動の募金を頼みに来る小母《おば》さん、何でもない用で来た人、どういう人に対しても、「この学生は何だ、自分みたいに偉い、忙しい人間の時間を取って。早く帰らないか。次の会議が待っている」などということは考えない。自分の目の前に座った人に対して、心のすべてを傾けて応対する。それを彼は生涯貫いた。これはつまり、全身が受信機の塊だったわけです。このことが、何でもない農村の一少年を日本最大の経済人にした大きな秘密でした。

やはり晩年のことですが、アメリカが反日運動を展開した時期があります。移民も制限されました。そこで、渋沢が日本の使節としてアメリカへ行くことになった。だいたい、現在に至るまで日本の使節は向こうへ行ったところで、日本と仲のいい人物にしか会ってきません。これは実はあまり意味がない。渋沢は、いちばん日本を嫌っている排日運動のリーダーに会いに行ったのです。当然のことながら最初、向こうはまるで相手にしてくれないのですが、再三再四頼んで、やっと排日運動のリーダーが時間を割いて会ってくれることになった。

ところが、会って話しているうちに、向こうのリーダーはすっかり渋沢のとりこになってしまった。時間も忘れて延々と渋沢と話し合い、しかも別れ際には別れを惜しんで、「渋沢さん、あなたの写真を私にください」と言うのです。そして、「写真にサインをしてください」とまで頼む。つまりもうファンがスターにねだるのと同じ、そういう関係になってしまう。渋沢の魅力にやられたのですね。

渋沢は何か手土産を持って行ったわけではないし、おいしい話をしに行ったわけでもない。しかし彼の、目の前にいる人に心のすべてを傾けて応対するという態度、それが言語も違い、立場も違う人の心を溶かしてしまった。渋沢のとりこにまでしてしまった。そんな魅力を持った人でした。渋沢にはこの類《たぐ》いの話はいくつもあります。こういう生き方で、彼は大きくなっていくのです。

私たちが、「どうして自分は、こういう人間になったのだろう?」「なぜあの人は、ああいう人生になったのだろう?」などと考える場合、それまでに出会ってきた環境とか事件とかのせいにしたがりますね。貧しい家に生まれて、両親が反目していて、学校の教師もまるで理解がなかったから、こういう非行少年ができたんだとか、ついそんな解釈をしてしまう。しかし、それは本当でしょうか。

文芸評論家の小林秀雄《ひでお》さんがどこかに書いておられたことですが、「人は、その性格に合った事件にしか出会わない」のです。「こんな女に誰がした」と言うように、こういう事件があったから私はこんな女になったんだと普通の人は考える。小林さんは、そうじゃないんだと言う。こんな女だから、こういう事件に出会うのだ。小林さん流の逆説でありますが、けれど、これは人生の真理じゃないか。

実にウジウジした湿っぽい陰気な性格だから、何か事件に出会うと、それをいつまでもウジウジと気に病んでしまう。だから、それがいつまでも心に影を落として、陰気な人生を作ってしまう。カラッとした性格だったら、事件が起きてもパッと通り越して、何もあとに残さない、事件があったことすら忘れる——これが人生の真実ですね。事件が性格を作るんじゃない。性格が事件に遭遇させてしまう。

この真実を、きわめて劇的な形で見せてくれたのが、渋沢栄一と、そのいとこの喜作の二人です。いとこ同士ですから血は近い。そして、同じところで育ちましたし、歳もほとんど同じです。そういう二人の人生が、性格の違いによって、大きく変わっていく。

二人は、昔の地名でいうと武州血洗島村《ちあらいじまむら》手計《てばか》という土地の生まれです。利根川が流れていて、その向こうはもう上州になります。いわゆる〈出入り〉の激しい、切った張ったの多い土地でした。川の中の小さな島で、斬《き》りとった血まみれの生首を洗うから、血洗島村。そして手計というのは、斬り合いで落ちた手ばかりが流れ着いたというのです。そんな地名がつくくらいの、かなり気性の荒い土地。そして渋沢たち二人も気性が荒いというか、血が熱い男でした。その点は、二人とも非常によく似ていた。

二人が育ったのは幕末です。幕府が腐敗して、彼らの血洗島は代官が治めていたのですが、代官も腐敗していて仕方がないから、代官を倒そう、幕府を倒そうと、若い農民の彼らが決起して討幕運動を起こそうとします。武器を集めて近くの代官所を襲い、さらに横浜を急襲して、居留している外人たちを皆殺しにしようという計画を立てた。二人が首謀者です。ここまでは、二人は同じ人生を歩いている。

ところが、実際に行動に移す寸前に、計画が発覚しかけ、また、そんな行動を起こしてもダメだということがわかるのです。京都から尾高長七郎という仲間――渋沢の奥さんのお兄さん――が帰ってきて、彼の話によって、時代はそんなことでは追いつかないくらい激動していることを教えられ、仲間内には強行する意見もあったのですが、渋沢の判断によって計画を取りやめました。つまり、新しい情報に対して鋭く反応を示した。彼の吸収力、受信性能はこの頃からいいのですね。

自分はこのやり方しかないと思い込んでいたけれども、ダメなのか、と計画を中止しますが、その時にはもう代官所から手が回っていて、二人は追われて逃げることになります。

彼らは命からがら京都まで逃げます。幕吏はなお京都まで追っかけてくる。捕まったら殺されますから、とうとう行き場がなくなった二人の青年は、伝手《つて》を辿《たど》りにたどって、当時京都に駐在していた一橋家《ひとつばしけ》――ちょうど一橋慶喜《よしのぶ》が水戸から入洛《じゅらく》していたのです――に逃げ込みます。一橋家は幕府の親類ですから、そこへ逃げ込めば助かるかもしれない。ここまでは、二人一緒に逃げ込みました。ここから違ってくるんです。

二人の置かれた状況は同じですが、二人の性格が違う。二人の生き方の積み重ねが違ってくる。

渋沢のほうは、さっき言いましたように、吸収していきます。とにかく勉強しようとする。犯罪者として追われ追われて犬ころみたいに逃げ込んだ家ですから、明日にでもまた犬ころみたいに放り出されるかもしれない、なんてことは考えないで、一橋家に逃げ込んでしまったら、一体この家は何だろう、と勉強していくのです。一体何で食っているのだろう、兵力はどうなっているか、賄《まかな》いはどうなってるか、そんなことをずっと勉強する。

私は、渋沢のこういう性格を〈吸収魔〉と呼んでいます。普通の人間はしませんよね。明日にでも追い出されるかもしれない野良《のら》犬同然の自分の境遇を考えると、勉強なんかしないのが普通の人間です。しかし、渋沢はそんな考え方はしない。とにかく今自分がここに置かれた以上、その周りのすべてを知り尽くそうとする。

そうやって勉強して吸収していくと、当然ながら、ここはちょっとおかしいじゃないか、ってところが出てきます。自分だったらこうしたい、こうすべきじゃないかという意見が生まれてくる。それを今度は、書くのです。建白する。今の言葉で言えば、提案する、企画する。そして、上役に出す。〈建白魔〉と言っていいぐらい、渋沢は建白してやまないのです。

その建白書には詳しいデータをつけています。裏付けになる資料をつけて出している。冷静に考えるまでもなく、彼にはそんなことをする資格は全然ないんですよ。一橋家の足軽ですらないのですから。逃げ込んだ野良犬同然の身ですからね。そんな立場の人間は、こんなこと書いたら笑われる、叱《しか》られる、怒鳴られる、もちろん破り捨てられる、追い出されかねない、そういうふうに考えて、誰もやらない。渋沢はそれをやるんです。〈魔〉なんですね。取り憑《つ》かれたように勉強し、取り憑かれたように提案してやまないんです。

提案書を、例えば足軽頭に出します。足軽頭はそんな百姓の倅《せがれ》を雇った覚えは全然ないのですから、当然「なんだ」と破ってしまう。渋沢はやめないんです。〈魔〉ですからね、また書く。破ってしまう。ところが、渋沢はやめないんです。また書きます。また破ってしまう。くじけない。また書きます。そうすると、現在のダイレクトメールも似たところがあるかもしれませんが、見ないで捨てていたのに、あまりにも何回も来ると、一体何だろうと思ってつい見てしまう。で、見てみると、足軽頭は「これは有益なことを言っている」と感心してしまって、恐る恐る、もう一つ上の人間に持っていく。

もう一つ上の人は、やはり渋沢を知りませんから、「なんだ」ってまた見ないで捨てしまう。ここでも何回も繰り返す。だから、いちばん上まで行くのに建白書を一体何十通、何百通書いたかしれません。つまりこれは、書いて何かをしよう、認められよう、なんてことじゃないんですね。渋沢はとにかくもう、書かなくてはいけない、書きたい、という気持ちに動かされているだけなんです。自分が正しいと思ったことを言いたい、というだけ。

それがついに、上の上のずっと上まで上がっていって、一橋家の主君である一橋慶喜が読むことになります。一橋慶喜は名君ですから、渋沢なにがしを全く知らないけれども、非常にいいことを言っているじゃないか、この提案をやらせろ、となった。身分も何もない男ですが、資格を与えてやらせてみた。そうして、渋沢は立派にやってのけていくのです。彼はただ思いつきを提案したのではない。裏付けになる資料をつけて出しているくらいだから、十分実現できるプランを建白しているわけです。だから、やれと言われたらみごとにやってのけることができ、そこから彼の道が開けていきます。

ところが、いとこの喜作のほうはどうしたか。喜作は勉強が嫌いなのです。嫌いな代わりに血気盛んな男らしく、剣道の稽古《けいこ》に明け暮れていました。だいたい侍になりたかった男で、それがたまたま武家の家に逃げ込んだわけですから、待ってましたとばかりに撃剣の稽古に打ち込みます。夢中になって剣の腕を上げていく。

ここで二人の人生が、大きく変わっていきます。彼らは彼らそれぞれの性格に合った事件にしか出会わなくなっていく。

どういうことかといいますと、渋沢は勉強をし、吸収をし、提案をし、それを実にみごとにやってのけた。もう一つ、渋沢の大きな魅力は、人を結びつけてやまない点です。先に触れたように、人の言うことを実に辛抱強く、心をこめて聞く男です。そうすると、聞いてもらった人は渋沢を徳とします。「あの人は本当に自分のことをよく聞いてくれた」と、渋沢に惹《ひ》かれます。その結果、渋沢は〈結合魔〉――人と人とを結び合わせる名人――と言っていいぐらい、人を結びつけてやまない能力を持つようになります。

そんな生活を送っているうちに、一橋慶喜が十五代将軍になりました。渋沢は幕府が嫌いで、命をかけて討幕を狙《ねら》っていた田舎の無名の一青年でした。そのせいで逃亡生活を送る羽目になっている。それなのに、自分が勤めている家の主人があろうことか、将軍になってしまった。彼は大変なショックを受けます。この時点まで、渋沢は、慶喜をおしたてて討幕の軍を起こすことを夢見ていました。それがいまや、幕府を倒すということは、自分を助けてくれた慶喜を倒すこと、殺すことになってしまう。これにはショックを受け、スランプに陥るのです。生きがいがなくなってしまった。ちょうどその時、パリで万国博覧会が開かれ、初めて日本国の代表が派遣されることになりました。代表として将軍慶喜の弟で、まだ十五歳の清水昭武《あきたけ》が選ばれた。のちに最後の水戸藩主になる人です。

当然、水戸家から侍たちが随行します。ところが、水戸家の侍というのは、〈尊王《そんのう》攘夷《じょうい》〉のイデオロギーに凝り固まった、外国嫌いの連中ばかりです。そして、これは日本国の正式の代表ですから、当時の外務省にあたる幕府の外国奉行の一行も同行する。幕府は〈開国佐幕〉で、外国と仲良くやりましょうというグループですね。まったく犬猿の間柄である二つのグループが自分のまだ幼い弟の供をしてパリへ行くというので、慶喜は心配になりました。どうにかして、この二つのグループを喧嘩《けんか》させずに連れていけないか。

その時に思い当ったのが、渋沢です。あれは実に辛抱強く人の言うことを聞く男だから、あいつなら二つのグループをうまくまとめてくれるだろう。そこで、渋沢は水戸家の侍でもないし、幕府の外国奉行でもない、資格もないのに登用されて、パリへ行けと命じられた。

彼はパリがどこにあるかなんて、全然知りません。フランスがどこにあるかも知らない。横浜の外人を襲おうとしたくらいですから、かつては攘夷のほうでしたが、スランプに陥っていた彼は、日本にいるよりは気が紛れるだろうと、パリへ発《た》っていきます。彼は旅立ってよかったのです。その直後、慶喜は大政奉還をしますが、薩長両藩の討幕の意志は固く、鳥羽伏見《とばふしみ》の戦いが起こりました。渋沢が日本に残っていたら、鳥羽伏見から始まる戊辰《ぼしん》の激戦の中に巻き込まれていったでしょう。彼は慶喜の親衛隊みたいなものでしたから、最前線に立たざるをえない。

そして喜作のほうは、剣の腕を磨きに磨いていたところへ戦争が起こったのですから、喜び勇んで戦線へ飛び出していきました。彼は剣の腕が買われて、幕府の陸軍奉行支配調役にまでなっています。喜作が鳥羽伏見で奮闘し、江戸へ帰ってくると、旗本たちはしゅんとして完全に意気消沈していました。旗本八万騎なんて威張っていたくせに、みんなたちまち日和見《ひよりみ》主義になり、縮こまって何もやらない。なぜ戦わないんだ、と彼が声をかけて集めたのが彰義隊です。上野の山に立てこもった彰義隊は、そもそもは喜作が作った。江戸の旗本八万騎が作ったのではなく、まるで関係のない埼玉の農民の息子が作ったのです。喜作が頭取となって、彰義隊を動かした。

そのうちに、旗本たちが面白くなくなってくる。なんで、あんなやつが彰義隊の頭取をやってるんだと、クーデターを起こして喜作を追い落とします。追い落とされてもなお、喜作は戦いたい。彼は仲間と郷里に近い飯能《はんのう》という山に立てこもって、そこで農民兵も集めて、何万という官軍を迎え撃ちます。まあ、勝負にならないわけですがそれでも戦い抜く。激しい戦闘をしています。

当時のしきたりとして、侍が海外へ行くなど長期間留守をする場合には、自分の身代わりを殿様に仕えさせました。見立養子といいますが、もしもの時に、家名断絶にならないようにするためです。そのため渋沢栄一はパリへ行く時に、彼にはまだ子供がいませんでしたから、奥さんの弟の平九郎という義弟、二十歳になるやならずの大変な美剣士ですが、彼を見立養子にして将軍慶喜に仕えさせていました。

その平九郎も鳥羽伏見で戦い、彰義隊に入り、喜作と共に追い落とされて、飯能で立てこもって戦って、そこで命を落とします。剣の腕は立ったのですが、多勢に無勢で、彼一人で三十人ほどの官軍を相手にし、とうとう自刃《じじん》したのです。もし渋沢栄一が日本に残っていたら、彼だって飯能の山奥で、まだ二十代で命を落としていたかもしれない。ところが、彼は幸い、パリにいた。戦争のことは遅れて知ります。

しかし、これは〈幸い〉という言葉では言いきれないのですね。彼の生き方の積み重ねが、そういう人生を作っていったのです。決してこれは、宝くじを引いたら当たった、幸運だった、というような問題ではない。渋沢の吸収してやまない、建白してやまない、人を結びつけてやまない、そういう性格が、渋沢を〈パリ行き〉という事件と出会わせたのです。

一方、喜作は喜作で、とにかく撃剣が好きで、剣を練ることだけやってきた彼にふさわしい事件と出会った。喜作も飯能で大怪我《けが》をしながら、東北を転戦し、命からがら五稜郭《ごりょうかく》まで辿りついて、そこでも戦い続けます。よく似ていたいとこ同士が、性格の違いから、まったく違う人生を歩んでいく。

ところで、パリの渋沢栄一は、何をしていたのでしょう? 彼はパリがどこにあるかも知らなかったのに、パリに来ると例によって、パリとは何か、パリのすべてを知りたくなったのです。

水戸家からパリに来た攘夷派のグループは、外国嫌いで、パリにいても外国に腹を立ててばかりいる。外国にいて外国に腹を立てていたらきりがないわけですが、とにかく外人——パリでは彼ら自身が外人ですけれども——例えばカフェで注文を取りに来るギャルソンとも喧嘩する。

なぜギャルソンと喧嘩するか。日本の考え方からすると、殿様のところへ全然知らない人が、「注文は何ですか」と来ることはできない。お目見えという地位がなければ、殿様に直接会えない。お目見え以下の身分の者は、小姓に取り次いだり腰元に取り次いだりして、ようやく「何にしますか」と伺うのが武家の礼儀です。それをいきなりギャルソンが来て「何にしますか」なんて問うのは、「無礼者！」となる。あるいは、料理を直接運んでくる、といっては喧嘩する。彼らは言いがかりをつけているわけじゃないのです。本気で、やはり外国は本当にひどいところだと気炎をあげている。

　では外国のことを多少は知っていて、外国と仲良くしようと思って行った外国奉行の一行は何をしていたか。この人たちはなまじっか外国のことを知っていましたから、当時いちばんの先進国というか、強い国であるイギリスへ行きたい、パリなんか早く切り上げたいとしか考えていない。だから、フランスにいてもフランスのことを勉強しないのです。

　その中で渋沢栄一だけは、何の因果か知らないけれども、自分は今パリってところにいる、いる以上は、パリとは何かを勉強しよう――そう思って、一生懸命パリを見て回って記録するんです。見て、「これは」と思ったことは全《すべ》てノートを取る。

　町を歩いていると下水道が流れていた。その水はマンホールの中へ入り、スッと消えてしまう。渋沢には、それが不思議でたまらない。川というのは、ずっと流れていくものだ、それが途中で消えちゃうなんて、これは何だ。今のわれわれには当たり前のことですけれども、当時の日本にはそんなものはありません。渋沢は驚いて、「その蓋《ふた》をちょっと開けてくれ」とパリの役人に頼むのです。

マンホールの蓋を開けてみると、中には水路があり、下水はずっと下へ流れ落ちていっている。「これはどこへ行くんだ、ちょっと中へ入れて見せてくれ」とまた頼む。いったい水はどこへ行くのかと渋沢は奥へ、奥へと入っていく。入っていくと、また別な水路が流れてきて、合流してくる。さらに奥へと進んでいく。

パリの下水道の中は大きくて、人が歩けるようになっていますから、渋沢はどんどん歩いていきます。歩けないところは管理用の小舟に乗る。下水ですから、当然ものすごく臭い。案内人はイヤな顔をしますが、渋沢はまったく頓着《とんちゃく》せず、とにかく知りたいとだけ思い、パリ全市の下水道を見てまわる。

これは決して、下水道を研究して、やがて日本へ帰った時には下水道を作ってうんと儲《もう》けようとか、そんな欲から来ているのではない。ただ、今自分の置かれている場のすべてを知りたい、パリとは何かを知りたい、という欲求があるだけです。つまり、下水道というものがパリという都市を、フランスという文明を支えているのだと、渋沢は見たのですね。日本にはない下水道が近代文明を支えているらしい、これはいったい何なのだろうか。そんな疑問に突き動かされて、彼はあらゆる下水道を見て回って、詳細な記録を書くことになります。

渋沢は一事が万事、こうなのです。アパートの部屋を借りれば、部屋を借りるというのは一体どういうことなのか、賃貸契約とは何かと、賃貸契約書を全部写し取ったりして、また全てを記録していく。もちろん、これも日本へ帰って立身出世に役立てようなどと思ってやっているのではない。とにかく今置かれた場所で吸い取れる限りのものは一切合財吸い取ろう、という渋沢の生き方なのです。これが吸収魔ということです。

彼がパリを吸収している時に、幕府は倒れてしまいました。新政府から急遽《きゅうきょ》、帰国させられます。日本へ帰ってみると、慶喜《よしのぶ》は隠居して静岡で謹慎している。元幕臣たちもまるで元気なく、「よォ、帰ってきたか」と相変らずの調子で迎えてくれたのは勝海舟だけ。パリから帰ってきた連中はみんなお払い箱になりました。渋沢も失業者です。彼は郷里を引き払い、静岡へ行って、慶喜の居住するすぐ近くに小さな店を構えます。そこへ新政府から呼び出しが来た。

なぜかというと、新政府が新しい政治をやろうとしても、どこをどうすればよいのか、まるでわからない。外国のことを手本にしようとしても、手本の仕方がわからない。そんな折、外国からずいぶん人が帰ってきていて、その中の渋沢某というのがパリでものすごく勉強していたと噂《うわさ》になっている。これは野におくには惜しいと、大隈《おおくま》重信《しげのぶ》などが、新政府に来てくれ、あなたみたいな人が必要なんだと頼みに頼むのです。

大隈重信は熱血漢ですから、心をこめて彼を説得しました。渋沢が「自分は何も知らないからやれない」と言うのへ、大隈は「いや、知らないといえば誰も知らないんだ」と詰め寄ります。新しい時代、新しい政府になって、誰も経験者はいないのだ、と。「だから、われわれ全員が八百万《やおよろず》の神々の人柱になった気持ちになって、力をあわせ、相談し合って、国づくりをやろうじゃないか」と口説いた。そういう説得に渋沢は打たれて、新政府――具体的には大蔵省に入ります。

ところが、大蔵省に入ってみますと、やはりこれはお役所仕事なんですね。薩長《さっちょう》主導型だし、毎日、判で押したように決まったことしかやれない。面白くない。面白くないからそれで腐ってしまうかというと、そうではない。渋沢はそこでもまた吸収し、建白するのです。つまり、「自分たちは仕事は仕事としてきちんとやるが、そのうえで、外国の制度はどうなっているか、日本の近代化をどうしたらいいかという勉強会をやりたい。よろしいでしょうか」。そう大隈に建白して、「改正掛《がかり》」という名の勉強会を作りました。渋沢を掛長として、若い人が集まって勉強する会です。

ところが、新政府にいるのは何も知らない連中ばかりですから、何かをやろうとしてもわからないことだらけです。そこで、わからないことが出てくると、「改正掛というところができて、異常に勉強してるらしいから、あそこへ聞いてみようじゃないか」と、諮問《しもん》されるようになった。新国家の智慧袋《ちえぶくろ》となったのです。やがて諮問だけではなくて、「そっちで大枠を考えてくれ」「こういう法案を作ってくれ」などと言われるようになる。役所の組織になかった、渋沢たち若者が作りあげた改正掛というグループで、日本の近代化に関する大小の改革案のほとんどが決められるか、諮問されるか、作られるか、という具合になっていく。

地租改正だとか鉄道を敷くとか、そういった大きな改革もありましたし、ほかにも例えば〈暦〉を変えました。太陰暦から太陽暦に変えたのも、改正掛で決められたことです。

暦の変更には、実は裏事情がありました。明治政府にはもう金がなかったのです。それでも公務員には給料を払わなくちゃいけない。ところが、明治六年は太陰暦で閏年になるんです。太陰暦では一年が十三ヶ月になります。すると、給料を十三ヶ月分払わなくちゃいけない。そこで給料がひと月分助かるからと、明治五年十二月、いそいで太陽暦に切り替えたのです。そういう按配《あんばい》まで改正掛がやった。

渋沢は、逆境に置かれても、逆境を意識する暇がないのです。逆境の場で吸収していく。与えられた仕事が面白くなければ、自分で作っていく。大蔵省がつまらなければ、改正掛を作る。そうやって自分にとっての面白みをカバーしていく。そして、その面白みに没頭していく。渋沢は改正掛で大いに認められ、財界に進出することになっていきます。渋沢がこういうコースを生きていったというのは、彼の生き方の積み重ねの結果ですね。やっていることは、人の話を心をこめて聞き、吸収し、建白書をひたすら書いた、野良《のら》犬同然の若い頃と同じことを繰り返していったにすぎない。いかなる逆境においても失われぬ初心、変わることのない性格が、彼を日本最大の経済人にしていったのです。これは決して運がよかったという言葉では片付かないのではないでしょうか。

3　魅力ある指導者の条件

逆境の中で初心を失わなかった中国人に会いました。

王蒙《おうもう》さんという文化相が来日しまして、その方と日本側数人で夕食を食べたのです。その時は王蒙文化相から、「今、中国の経済は発展し続けているし、ものすごく面白いことがおこっている。ぜひ中国を舞台に経済小説を書いてください」と言われまして、まあ、中国まで取材に行くのも大変だし、なんて答えたものです。

王蒙さんは私とほとんど同年輩、彼の方が少し若いだけで、もともとは作家なんですね。その後テレビを見ていますと、王さんは中国で作家が共産党から除名された問題なんかを訊《き》かれて、何だかとっつきにくい官僚的な感じで答えていて、「おや？」と思いましたが、先夜は本当にお酒も弾み、話も弾み、楽しい時間を過ごしました。

彼はずいぶんいろんなものを読んでいました。シェイクスピアから始まって、フォークナーとかプルーストとかジェイムズ・ジョイスとか、きわめて先端的、前衛的な文学に至るまで幅広く読み、話題にできる人でした。

この人は若くして作家になり、『青春万歳』という彼の小説は中国の若い人たちの人気アンケートで二位になるくらいよく読まれていたのですが、文革の時にウルムチ——シルクロードの入口よりもずっと西、西域の何もない砂漠の中の町——へ自発的とはいいますが実質上、流されまして、二十年ものあいだ作家活動を停止させられた。そんな暗澹《あんたん》たる逆境の中でどう生きたか、そこに興味があって、私はあれこれ訊《たず》ねたのです。

王さん曰《いわ》く、「二十年間、発表はできなかったけれど、作品を書いてはいました」。そして、新しい作品を書くのと同時に、ウルムチは辺境で言葉も違う——ウイグル語です——ので、必死でウイグル語を覚えて、翻訳も始めた。中国語のもの、あるいはほかの国の言語のものをウイグル語に翻訳していった。

「発表する当てもない原稿を書きながら、何を考えていたんです？」と訊いたら、王さんは「先行きはどうなるかまったくわからなかった。わからなかったから、自分は何かやっているより仕方がないと思ってた」と答えたのです。わからないから、とにかく何かをやる、勉強する、翻訳をする、作品を書く。「僕はただひたすら書いていました。先のことはもう考えなかった」。先のことがわからないから、もう何もする気がおきないというのが普通の人間のありようでしょうが、「先のことがわからないからこそ、何かしていなくてはいけないと僕は思った」と言っていました。王さんは初心を忘れず、憑《つ》かれたように書き続けたのです。一橋家に命からがら逃げ込んで建白をし続けた渋沢栄一と、どこか似ていますね。

今や王さんは大臣になったわけですが、人の上に立つには何を考えていけばよいのかも訊いてみました。

ちょっと中曽根康弘《なかそねやすひろ》さんに聞いた話をします。先日、中曽根さんとプライベートで話をしている時、〈指導者の条件〉という話題になりました。

どういう人が宰相の器か、と私が問うたのです。中曽根さんは、何人かの名前を挙げました。私の知らない人もいたものですから、その人たちに何か共通の要素があるかと重ねて問いました。

中曽根さんは、まず、「彼らはみんな非常にやる気がある」。そして、「やる気があるけれども、ギラギラしていないね」。やる気があると、とかくギラギラしがちですが、そうではなくて地味にしていると言うのです。三番目は、「たいへん責任感が強い」。

私は、どうもそれだけでは足りない気がしたものですから、「もう少し何かないか」。今挙げた三つは、いわば〈将たる器〉の条件でしょう。宰相、つまり総理というのは、将の将です。魅力的な〈将の将たる器〉になるためには、もう少し何か要るんじゃないか」とさらに訊くと、中曽根さんもしばし考えて、「そういえばもう少し要るな」と、あと二つ条件を挙げました。

一つは「大局をつかむ力」。先見性といいますかね。それからもう一つ、「懐《ふところ》の深さ」、これが必要だろう」と中曽根さんは言っていました。日本においては、人の上に立つためには、懐が深くなくてはいけない。これはいろんな意味にとれますが、懐の深さというのは日本人にはよくわかる、味のある言葉です。

この五つの魅力的なリーダーの条件は、それなりに腑《ふ》に落ちたのです。ただ、そういう条件をよくわかっている中曽根さんだって、いつも優れたリーダーシップを取れるわけではない。それも、こう言っちゃ悪いけれど、面白い情景ですね。

王蒙さんとの話に戻りましょう。私は彼に、「中曽根さんからこういう話を聞いたことがあるけれど、中国におけるリーダーの条件として、あなたが挙げるものがあるとすれば何だ」と訊いたのです。

王蒙大臣がまず言ったのは、「中国というのはきわめて大きな国だ」。だから、一番目の条件としては、「非常に強い意志」を要求される。これはどの国のリーダーでも同じかもしれませんが、中国の指導者には鉄のように強い意志が何よりも大事だ、と。

それから二番目に、「慎重さ」を挙げました。中国はいくつかの誤りを犯したわけですが、誤りを繰り返さないためにも、指導者はいろんな意味での慎重さが要求される。三番目は、「程度というものを見極める力」。つまり、どの程度やればいいかという判断力がきわめて重要なんだ、と。逆に言えば、中国の政治家は時にやり過ぎるのですね。正しい方向であろうと、やり過ぎてはいけない。お国柄が出て、興味深い条件でした。

あとは雑談になって、私が「大臣の仕事は大変でしょう?」と何気なく言ったら、「いや、中国はきわめて政治的な国だから、大臣なんてやろうと思えば、誰だってやれます。みんな子供の時から政治教育を受けてるんだから、もうどこの小母《おば》さんだって、お爺《じい》さんだって、あくる日から大臣になれと言われたら、なれる。だから、大臣職をこなすことなんか、ちっとも難しいことじゃない。大臣になれる人より、工場をきちんと経営する人の方がいないんですよ。だから、中国はもっと日本に学びたい」なんて笑っていました。

その彼がふっと、「僕は、本当に気分転換が速いんだ」と洩《も》らしたのは印象的でした。大臣ですから、いろいろ会合が多いけれども、ちょっと時間があると自分の部屋へ戻って、お茶を一杯飲んだら、すぐ詩が書けるのだそうです。部屋に誰もいなくなったら、一服しながら詩想を練って、実際に詩が書ける。これは彼の強みですね。僻《へき》地《ち》に流されたりしながらも、初心を忘れず、今の地位を占めるだけの魅力を持った人だな、と強く感じました。

現代は〈視界ゼロの時代〉だ、という言い方があります。視界ゼロって、もとは航空の方の言葉でしょうね。雲や霧で先が視《み》えない。私は少年時代、グライダー部に所属していたくらい飛行機が好きなこともあって、〈視界ゼロの時代〉というのは言いえて妙だなあと思っています。

価値観が多様化し、技術は日進月歩で進歩し、情報はあふれ、イデオロギーはすたれて、一体、先がどうなっていくかまったくわからない、視界ゼロ時代にどんな能力を持てばいいか。とりわけ、指導者はどういう能力や魅力を持つべきか。王蒙さんの話を聞いているうちに、そんなことも考えたのです。

日本の歴史を見ますと、何度か、視界ゼロ時代を経験しています。王蒙さんと相前後して、脚本家のジェームス三木さんと会いました。彼はＮＨＫの大河ドラマで、伊達《だ》政《て》宗《まさむね》を書いています。群雄割拠の戦国時代というのは、まさしく視界ゼロ時代ですね。そんな時代のリーダー像について、三木さんと話をしました。

伊達政宗はなぜ強かったか？　三木さんは、政宗の特徴というのは、大胆かつ奇抜なことを平然とやり抜いたことだと言っていました。有名な話ですが、秀吉《ひでよし》の小田原攻めの時、政宗は少し遅れて秀吉側に加勢に行きますが、その時彼は死に装束で会いに行く。これは、人の意表をつくといえば意表をつくのですが、もし相手が秀吉でなかったら殺されていたかもしれない。ところが秀吉は、あの手の行為を喜ぶ男なのですね。変わったことをやって飛び込んでくるやつが好きなんです。だから政宗は、一見意表をついているようだけれども、実はよく相手の人間を見ている。つまり人間観察の名人だった、人間通だった。これが政宗の強みでした。

三木さんがもう一つ指摘したのは、政宗の〈順応性の高さ〉でした。受信能力が高かった、人から学ぶ能力が大きかった、と言ってもいい。

天下取りのライバルが織田信長《おだのぶなが》であった時代には、政宗はかなり信長と似たことをやっています。きわめて果敢に、荒々しく、そして容赦なく、敵を殺し、自分の弟まで殺してしまう。信長の時代には、政宗はそういう猛々《たけだけ》しい戦国大名だった。秀吉の時代になると、今言ったような、非常に派手なふるまいをしてみせる。朝鮮攻めの時は、三尺もある金の陣笠《じんがさ》、黒地に金星をつけた具足など派手な軍装をした、ものすごくきらびやかな軍隊を繰り出して、京都の人を吃驚《びっくり》させた。「伊達者」という言葉がここから生まれたくらいです。これもやはり、秀吉が喜ぶんですね。秀吉の性格を見て、政宗とすれば、生き抜いていくためにはそういう演出効果が必要だと悟っていた。そして最後に家康の時代になると、政宗は一変して、まことに地味に、藩の経営に取り組んでいく。

その時代時代の大きな人から、その長所や強みをどんどん取り込んで、たえず変わっていった、変わることに躊躇《ちゅうちょ》しなかったのが政宗だと、三木さんは言っていました。私も、政宗の家臣でメキシコ、スペインに派遣された支倉常長《はせくらつねなが》を『望郷のとき』という小説に書いた時に、政宗のことを調べました。

私が惹《ひ》かれたのは、さっき言ったような、人間通である側面です。政宗は人間に、とりわけ人間の能力に興味を持っていた。

彼の人材登用を見ていますと、例えば重臣に取り立てた片倉小十郎は神主の二男です。片倉に限らず、二男、三男で、普通なら登用されない人間をまず小姓にして、育てて使う、というケースが目立ちます。それから、鈴木元信《もとのぶ》という重臣がいます。これは商人というか金山の経営をしていた人物で、謡《うたい》がうまかった。政宗はあの時代に、出身に関係なく、能力のある者を思い切って抜擢《ばってき》していく。

また、人事が公平なんです。実績をあげた者にはきちんと報いる。『政宗記』に、上下共に勇み喜んだ、とあります。上の人も下の人も一家中、その人事を喜んだというのですから、これは相当公正な人事をやっていた。

そして、上も下も喜ぶためには、自分がたくさん取ったのではうまく藩の運営ができませんから、伊達藩六十二万石の表高のほとんどは家臣に配っていました。表高からは自分は取らずに、部下たちに報いていた。この結果、伊達藩の結束力は強くなりました。そのぶん政宗の私生活は、とりわけ後年は、実に質素です。

質素ですし、朝は早く起きます。殿様ですから、寝る前に「明日は何時に起こせ」と宿直《とのい》の者に命じます。翌朝、その時間より先に目が覚めた場合も、彼は決して起きてこなかった。起こせと命じたのだから、起こしに来る者がやって来るまで床で目を開けて待っていた――目を開けてか閉じてか知りませんが。つまり、もう命じたのだから、宿直の者が仕事で起こしに来るのを、目が覚めていても寝て待っていた。

起きてからも、髪を梳《す》いたり、身の回りのあれやこれやは全《すべ》て家来がやってくれるものなのですが、彼は自分でやる。そのあと、「閑所《かんじょ》」と称する、たった二畳の部屋に入る。そこには三段の棚があって、本や筆が置いてあるだけの部屋。そこで本を読み、歌を作る。政宗は、時には二時間ぐらい、一人でそんな時間を過ごしていました。それから、おもむろに表へ出て政務を執る。一日の終りにはまた閑所へ戻って、ふたたび物を書いたり考え事をしたりする。

多忙なトップは、多忙だからこそ、自分だけの世界をしっかり持たなくちゃいけない。公の世界だけではいけない。みんなに顔を見せ、みんなを指導し、みんなと騒ぐ、そんな世界だけで生きてちゃいけない。自分だけの世界、無所属の時間をしっかり持たないといけない。王蒙さんが一人になるとパッと詩が書けるように、政宗も充実した〈無所属の時間〉を持てる強さがありました。

政宗は書をよくしますし、能もします。歌も作りますし、茶の道にも詳しい。幅の広い教養を持ち、利休などともきわめて親しかった。政宗は利休が最後に付き合った人物で、ジェームス三木さんは「利休は政宗と親しかったから秀吉に殺されたんじゃないか」と解釈するぐらい、深い仲でした。そういう人間としての幅の広さが、ほかの戦国大名と違った魅力、能力というものを政宗に与えている。

東の伊達政宗同様、西の毛利《もうり》元就《もとなり》も魅力的なリーダーです。

私は、視界ゼロ時代であった戦国期に男たちが生き残りを賭けてどんな営みをしたのか興味を持って、『秀吉と武吉《たけよし》―目を上げれば海―』という小説を書きました。村上水軍という精強無比で伝統もある海賊の集団が、一時は瀬戸内海の制海権を掌握し、西日本の動向を左右するくらいの勢威を誇っていたのに、秀吉によって実質的に滅ぼされていく、その過程を描きたかったのです。

瀬戸内海に今は橋が架かっていますが、四国の今治《いまばり》から広島県に架かるところがいちばん島が多い。北から因島《いんのしま》、それから小さな島ですが能島《のしま》、そして来島《くるしま》、三つの島をつなぐと瀬戸内海が遮断できます。海路を断てる。村上水軍は、その因島、能島、来島にそれぞれ拠点を置く三つのグループから成っていました。

村上水軍がなぜ強かったかといえば、一つには、鍛錬が大変厳しかった。実に激しい訓練をやった。二つ目は、非常に規律が厳しかった。これは合言葉、海といえば川とか、海といえば山とかありますが、そんな合言葉を間違えただけで首をはねてしまう。合言葉を間違えたぐらいと思いますが、もう、その場で首をはねる。あるいは、船に乗っていて、右舷《うげん》にいる奴《やつ》がやられたら、普通なら左舷にいる人間は助けるために、パッと右舷に行きますね。それでも首をはねられる。断りなしに右舷から左舷に動くと、それで死刑になる。彼らほど厳しい規律を持った海賊といいますか、水軍は日本史上ほかに見当たりません。

彼らの強さの三つ目の理由は、団結力です。規律が厳しいだけでなく、実に強い団結力を誇った。

何か大きな戦いの前になると、村上水軍最後の総大将である村上武吉は主だった武将を大三島《おおみしま》にある大山祇《おおやまづみ》神社に呼び集めて武運長久の祈願をし、あとは夜を徹して連歌の会を開くのです。連歌は一人が歌を詠《よ》むと、次の人がそれを受けてすぐ詠まなくちゃいけない。五七五と来たら七七で受けて、次はまた五七五で詠む。パッパッパッパと一晩で何百首という歌を夜を徹して詠む。そうすることで、戦闘の気分というか、精神的な統一をはかる。村上水軍の将たちによる膨大な連歌が大山祇神社に残っているのを見ましたが、そんなことまでやって団結を強めていった。

しかし、栄華を誇った村上水軍は、秀吉によって滅ぼされます。彼らは瀬戸内海では強かったし、それで十分だと思っていた。まさか、海の両岸が全て秀吉によって征服されてしまうなんて思ってもいなかった。両岸にいろんな大名が群雄割拠しているからこそ、間隙《かんげき》を縫って瀬戸内海を自由にでき、勢威も誇れたのですが、四国も山陽も全部統一政権によって支配されてしまったら、瀬戸内海は単なる〈池〉になってしまう。この怖さ、あるいはそんな勢力が出てくるという可能性までは、村上武吉には予見できなかった。だから、真っ向から秀吉を敵に回して戦って……これはもう、とても勝ち目がないいくさをした。

武吉も、決して情報を軽んじていたわけではありません。海上の情報や西日本の情報を得るために、瀬戸内海を通る船——外国船まで止めて、宣教師を手厚く接待し、いろんな話を聞いていました。海外の情報まで得ていた。宣教師の書いた記録にそのことはずいぶん残っています。けれども、東日本から起こってきた勢力については読み切れなかったのですね。ここに判断の間違いがあり、とうとう彼らは行き場がなくなって、いちばん近くて、かつ大きな勢力である毛利に属することになりました。最後は毛利家の一船奉行としてほそぼそと生き残ります。

私は村上武吉を追いかけているうちに毛利が出てきましたから、こちらもいろいろ調べてみました。すると、やはり毛利元就という男は面白いのです。結果、元就の話を小説の中にずいぶん書き込むことになりました。

毛利元就はあの戦国の時代に七十五歳まで生き、生涯に二百二十六回の戦いをして、そのほとんどに勝利した。なぜ、そんなに勝つことができたか？　その秘密は、私なりに言いますと、実に簡単な言葉になってしまいます。元就が、一つ一つの戦いを実に丁寧に戦ったからです。

丁寧に戦うというのはどういうことか。まず、戦う前に十二分に情報を集めます。元就はすぐれた情報網を持っていました。彼の最大の情報網は、京都の聖護院《しょうごいん》の山伏《やまぶし》グループです。山伏たちは全国をくまなく歩き、いろんなところへ入り込みますからね。それから能役者をずいぶんかわいがっています。役者もまた全国を打って回りますから、情報通です。そして、お坊さん。これもまた自由にあちこち、いろんなところの裏や奥のほうまで入り込めますよね。こういう面々をうまく手なずけ、親しくなって、さまざまな情報を取っています。これがまず一つ。

そして二番目に、元就は情報を取った上で、徹底的に謀略を仕掛けるのです。戦国は謀略の世ですから、みんな謀略を仕掛けますけれども、元就のものは中途半端《はんぱ》な謀略じゃない。敵の何倍も考え、何倍も手を打つ。もう二重、三重で、敵も最初は疑いますが、疑っても疑っても、「いやあ……ふうむ……」と首をかしげるぐらい、手を替え品を替えて謀略を仕掛けていく。戦国時代といえども、元就ほどの謀略家というのはいません。彼の謀略の例を挙げればキリがありませんが、とにかく大抵の敵は謀略に引っかかって、内輪もめを起こしたり、大事な部下を殺したりして戦力を弱めていったのです。

例えば、厳島《いつくしま》の戦いの相手となる陶《すえ》家の某武将を毛利側に寝返らそうとしたことがありました。毛利に内通するよう交渉してこれは失敗するのですが、「あいつは毛利と内通している」と噂《うわさ》を流す。武将の筆跡を真似《まね》た偽《にせ》の密書を山口城内で落としたりもする。陶晴賢《はるかた》が半信半疑になって、スパイを毛利側に送り込むと、スパイと承知で、「あの武将が内通したいと言っているが、どうも信用できない」とまた筆跡を真似た起請文《きしょうもん》を見せたりする。これでとうとう、その武将は陶に殺されてしまいます。

謀略家というと、あまりよくない印象を与えますが、やっぱり戦わずして勝つのが一番いいわけですからね。元就は「はかりこと多ハ勝、すくなきハまけ候《さうらふ》」、「ひとへニ武略計略調略かたの事」とはっきり書き残しています。

そして三番目に、謀略戦では終わらずに直接干戈《かんか》を交える、いくさをやるとなったら、今度は実に周到な準備をします。計算しつくした戦闘態勢を取る。

当時、「毛利の高陣」という言葉がありました。つまり、戦闘が始まってみると、いつの間にか敵軍は山間の隘路《あいろ》や水田に引き込まれ、毛利方は高いところに陣を取って攻めて来る。あの時代ですから、高いところに陣を取ったら、それだけで有利になります。石を投げたって武器になりますから。

それくらい準備して戦いに入るわけですから、元就が大抵勝ちます。勝った時に、決して勢いに任せない。勢いに乗って敵を追わない。必ず追撃の打ち切りの地点を決めておくのです。みんな恩賞が欲しいから、放っておくとどんどん深追いして、敗走していく敵の首を取ろうとして、返り討ちにあったりしてしまう。ですから、敵を追っていっても、例えばこの橋から向こうへは行くな、などとあらかじめ決めておく。こんな大将はいませんね。とにかく進め進め、首をたくさん取ってこいというのが普通ですが、元就は「深追いしてはならぬ」と前もって命じた。

このように、戦い方が最初から最後まで丁寧です。始まる前は準備おさおさ怠らず、そしてまた最後の詰めまできちっと決めておく。こういう戦い方をしたから、連戦連勝ができた。

ただ、ここで考えなくてはいけないのは、さっき言いましたように元就は権謀術数の名人、大の謀略家ですから、評判の悪い面があります。作家の海音寺潮五郎さんは、元就を論じて、陰険なぐらい権謀的だった、と書いています。にもかかわらず、彼は〈律儀《りちぎ》な大将〉と称されるぐらい律儀な面があったとも指摘している。つまり、人に嘘《うそ》をついてペテンにかける元就は、一方ではたいへんな律儀者だった。

敵に対してはすごい謀略を仕掛けるけれど、一旦《いったん》味方になった場合には実に頼もしい大将になる。必ず約束を守り、助けてくれる。村上水軍が毛利にくっついていくのも、やはりそこに理由があります。

元就はほとんどの戦いに勝ちましたけれども、何回かは命からがら逃げるという敗北も喫しています。それは決まって、部下あるいは友軍が危機に陥った時なのです。そんな戦況になると、それまでの計画性のある戦い方をやめて、自分が先頭に立って助けに行く。謀略を仕掛けて、調べてなんていう戦い方はもう放棄して、自分の命も捨てて突っ込んでいく。だから、律儀な大将と呼ばれる。

単なる謀略家というのは、大きくなりきれずに、そこで終わってしまうのですね。海音寺さんは、「律儀で、世の信頼を得なければ、勝利を維持することはできない」と言っています。元就には、その律儀さがあった。

私などの世代が戦争中に習った毛利元就像というのは、今から思うとずいぶん間違ったことを教えられてきました。例えば、元就が子供の時に、厳島神社へお参りに行った。部下が「若様が中国一の大大名になられますように」とお祈りするのを聞きとがめ、元就少年が「そういう小さな望みを持ってはいけないぞ。天下を取らせてくださいと祈ってこそ、中国一の大大名になれるんだ」と諭した。「少年よ、大志を抱け」のたとえとして、そんな話を習いましたけれど、これは嘘ですね。

元就が書いたものを読み、あるいは行動を見ていきますと、彼がつねに念頭に置いていたのは、「高望みするな」ということです。「天下を望むな」と繰り返し説いている。足元を固めていくのはいいが、高望みしてはならない、と。

元就の勢力が最も盛んな頃には、京へ上って、そのまま留まるんじゃないか――つまり天下を取ってしまうんじゃないかと目される時もありましたが、元就はいくさに勝ってもすぐに自分の城へ帰ってしまうのです。

彼が居住していたのは吉田郡山城《よしだこおりやまじょう》といって、広島と島根の県境近く、中国山脈のほとんど真ん中にありますが、三方を川に囲まれた台地になっており、まったく天然の要塞《ようさい》です。ここから打って出て、どこかへ戦闘に行って勝利をあげても、そのまま兵を進ませることをしない。すぐ次の戦闘へと進撃して行かない。まず吉田郡山城に戻り、そしてじっくり状況を見極めて、出て行く時ならば、また出て行く。いったん帰ってきてからまたいくさに出て行くのは大変だと思いますが、もう歯がゆいぐらい、一つの戦闘が終わると城へ帰って考えて、またはるばる出直して次のところを攻める。これは別の言い方をすれば、ホームグラウンドをしっかり持っていた、大事にしていたということでもあります。万が一、敵に攻め込んでこられても、この要害堅固な山城ならば大丈夫だという自信もあったでしょう。

私も吉田郡山城へ行ってみました。城がある台地の上のところどころに、大小の石が山盛りになって積んでありました。これは何かというと、元就は毎年正月に、百姓町人たちに、自由に城へ遊びに来なさいとお触れを出したのです。年賀かたがた、城を拝観していいよ、と。でも、やっぱり百姓町人にしてみれば、お城をただで見せてくれるといっても、気が重い。元就はそこまで考えて、土産を持ってきなさい、その土産は石でいい、としたんです。子供は小さな石でいいし、大人は少し大きな石を持ってくればよい。それで領民は、土産を持っていくのですから、大きな顔してお城に入れる。

でも、この石が台地の上にあげられると、いざという時にはものすごい武器になります。城内に積み上げてあるのは、武器としてなんですね。これを領民に、ただ「石を持ってこい」と命令するのではなくて、城を見せてやるから土産として石を持ってこいと、お触れを出した。こんなところにも彼の人間性を見る思いがします。

元就と村上水軍の関係を言いますと、厳島の戦いの時、村上水軍が毛利につくか、敵の陶につくかで、勝負が決することは誰が見ても明らかでした。そこで陶も毛利も一生懸命、村上武吉を口説くのですが、その時に元就は、「一日だけ加勢してくれ」と一種の殺し文句を言いました。陶のほうは「とにかく加勢してくれ」と頼むだけなのですが、元就は「一日だけ加勢してくれたら、あとはもう厄介にならないから」と言った。一日で勝負をつける、というわけです。このきっぷの良さは、海賊の胸を打ちますよね。この口上で武吉は「わかった」となって、勝敗が決したのです。元就は、相手の人間を見て説く方法、ものを伝える伝え方ということをよく知ってるなあと思わせます。

元就は家中でもそうでした。部下に会う時に、左右に酒と餅《もち》を置いておくんです。元就自身は父や兄が酒で体を壊したのを見てきたせいで、酒を飲まなかったのですが、普通の殿様は、自分が酒を好きだろうが嫌いだろうが、部下には盃《さかずき》を取らす。あるいは自分が飲まない以上、部下にも酒を禁じて、甘いものだけを取らせる。元就のやり方は、「おまえは酒が好きか。好きだったら酒を飲め。酒が嫌いだったら、じゃあ餅を食え」なんです。これもやっぱり、相手を見てものを言っている、ということですよ。伊達政宗《だてまさむね》と同じように、人間をよく見ている人、人間通であった人だなあと思います。能役者などを重臣に抜擢《ばってき》したことも、自分の時間を大事に持っていたのも、政宗と似通っています。元就は和歌を作って、何冊もの歌集を残しています。

4　父から息子へ伝えるべき事柄

もう一つ、私たちの世代が習った毛利《もうり》元就《もとなり》のエピソードの嘘があります。〈三本の矢〉の教訓も嘘ですね。息子たちに矢を折らせてみて、「矢は一本一本なら折れるけれども、三本束ねれば折れない」なんて言って、息子三人の団結の強さを説いた、という有名な教訓話。これは真っ赤な嘘なわけです。中国に同じ話があって、それのイタダキです。元就はあんな照れくさくなるような、芝居がかったことはしていない。していないけれども、そういう話が作られるぐらい、元就が三人の息子たち――毛利隆元《たかもと》、吉川《きっかわ》元春、小早川隆景《たかかげ》――に団結の必要性を繰り返し説いたのは事実です。

元就は息子たちに対して膨大な数の手紙を残しています。その手紙は本当に率直で、父が息子に言い残すべきことをすべて伝えようという思いにあふれている。「誤字や脱字もあるだろうが、推量して読んでほしい」なんて書き添えてもいる。形だけの手紙じゃない、内容をよく読んで父の気持ちを汲《く》み取ってほしい、というわけですね。内容は例えば、「領民たちは毛利に頭を下げるけれども、腹の底では毛利良かれかしと思ってる者は一人もいないぞ」。そういう真率なことを書いて、「おまえたちが生き残っていくためには、とにかく毛利本家が強くなくちゃいかん」と説く。分家である小早川や吉川も強くなくちゃいけないけれど、いざという時に毛利本家が強くなければダメだ、だから何か事が起きた時は本家を中心にまとまれ、と何回も手紙に書いています。それは実に心のこもったいい手紙です。

そして、手紙を出した息子たちに、今度は請書《うけしょ》を書かせています。おまえの気持ちはどうだ、この手紙を読んだ感想はどうだったと、三人の息子それぞれに返事を書かせている。一度は長男の隆元が代表して書いたのですが、許さなかった。時間がかかってもいいから必ずみんなそれぞれが書いてこい、と元就は要求しました。そういうコミュニケーションを図ることで、息子たちに毛利の家の在り方、今の企業でいえば企業の理念といったものを、徹底的に浸透させ、受け継がせることに意を砕いたのです。

そのおかげで元就が亡《な》くなったあとも毛利家は長く続いていくのですが、関ヶ原の合戦の時、存亡の危機に陥りました。元就は息子たちを実によく教育しましたし、その教育は孫にまで染《し》み透ったはずです。しかし関ヶ原の時は、隆元の長男、本家の毛利輝元《てるもと》が判断を誤って大坂方についてしまう。輝元がなぜ大坂方についたかというと、最大の理由は、祖父の元就が重用していた安国寺恵瓊《えけい》という坊さんの言葉を信じたからでした。

安国寺恵瓊は単なる情報通というだけではなく、鋭い先見性や、大局をつかむ力を持っていました。有名なエピソードですが、織田信長《おだのぶなが》の全盛時代に、「信長公は高転びに、仰向《あおむ》けに転ばれる」と予言した。信長は今はいいかもしれないが、いっぺんにひっくり返ってしまうぞ、と言ったのです。では、信長のあとは誰が継ぐかと問われると、「藤吉郎さりとてはの者にて候」と答えている。当時、織田の家臣の中で秀吉《ひでよし》はナンバー4ぐらいでした。決してナンバー2やナンバー3ではなかった。その秀吉が天下を取ると予言して、まったくそのとおりに時代は動いていった。

これだけの先見性と情報を持ち、元就も信頼を置いた安国寺恵瓊という重臣に輝元が相談すると、「大坂方につけ、石田三成《みつなり》につけ」と言われたから、態度を決めたのです。元就同様、恵瓊を信用した。だから、元就おじいさんのやった通りにしたのだからいいじゃないか、ということになりますが、祖父の元就は、恵瓊という人間をよく見て彼を重臣として抱えた。つまり、人間をよく見ていた。孫の輝元は、本当はそこまで真似をしなくてはならなかったのです。

というのは、もうこの時の安国寺恵瓊は、かつてのような情報通で先見性に満ちた人間ではなくなっていた。彼は大名に成り上がっていました。昔は京都にいて、都の内外をうろうろしている坊主《ぼうず》だったのですが、今はもう広島に腰を据えて、自分の領地の経営をしている。しかも、彼はたいへん建築に興味がある男で、立派なお寺をいくつも作っています。京都にも残っていますし、中には国宝になった寺もある。大名になって、つまり戦国時代の典型的な一成功者になって、あとは建築道楽をしている男。大事な局面で、こういう人間の言うことを信用しちゃいけない。

おじいさんの時代の恵瓊は情報通でしたが、輝元の時代にはもはや情報通でなくなっているんです。もう先見性もあるわけがない。輝元がしなくてはならなかったのは、おじいさんのやったことを猿真似するのではなくて、おじいさんはその人間の能力を見抜いて使っていたのだから、自分もやはり今の安国寺恵瓊とはどういう人間かをじっくり見極めて、その判断を聞くべきだった。あるいは、状況判断を仰ぐべき人間は誰か、きちんと探すべきだった。

そんなことで毛利は大坂方についてひどい目にあうのですが、元就のほかの孫たち、吉川広家と小早川秀秋《ひであき》が、とにかく関ヶ原では三成を裏切るから毛利を助けてくれと家康と内々に交渉して、家康は「ならば、毛利は本領安堵《あんど》しよう」と約束します。ですから、関ヶ原では小早川と吉川がまず裏切って、勝負は決まりました。

ところが、三成に勝ったあと、家康は全然その約束を守らない。家康はやっぱり大の謀略家ですからね。そんな約束はしてない、証拠はあるかと突っぱねます。これは口約束ですし、井伊《いい》や本多など家康の重臣を通しての交渉ですから証拠はない。本領安堵すると言っておきながら、実際に毛利をとり潰《つぶ》すわけです。つまり、家康は毛利十ヶ国を全《すべ》て取り上げました。ただ、吉川広家は裏切りの中心人物で、関ヶ原の勝利の勲功大だということで、毛利から取り上げた十ヶ国の中から周防《すおう》・長門《ながと》の二国を与えた。そして吉川広家はそれを全て毛利本家に差し出します。それで毛利家は防長二国の太守として幕末まで残り、討幕運動の源となります。

吉川広家には、毛利輝元とちがって、おじいさんの教育が孫の代まで生きていたのですね。つまり広家は、自分の家を捨ててでも本家を守らなくちゃいけないという教えを守り抜いたわけです。自分は毛利本家の陪臣になり下がっても、毛利という家が続いていくことを選んだ。元就が息子たちへの手紙で繰り返し、毛利の家の在り方を説いたことが、ここで大いに役立ったのです。

私は、元就の手紙が記憶にあり、父親が子供にあてた手紙で〈自分が人生で得てきた理念〉や〈あるべき姿〉といったものをきちんと伝えておくのは大事なことだという思いがありましたから、あるカナダ人の実業家が息子へ書いた手紙を集めた本を読んで、心を動かされました。

この実業家は心臓病で命が危なくなるということが二度あって、自分はもういつ死ぬかもわからないので、とにかく〈どう生きたらいいか〉ということだけは息子に伝えておこうと発心したのです。でも、この息子があまり出来のいい息子じゃないんですね。あまり言うことを聞いてくれないから、思い余った父親は手紙を書き始めた。

この手紙にはそれだけの思いと、長年ビジネスの世界で生きてきた知恵が詰まっていますから、非常に面白いし、いろいろ考えさせられるところがあったので、私が翻訳することになりました。キングスレイ・ウォード『ビジネスマンの父より息子への30通の手紙』がそれです。

あの本で――手紙でと言うべきでしょうか、ウォードさんという父親は多岐に渡っていろいろ書いていますけれども、実にまっとうなことばかりです。

例えば、「とにかくよく準備をしろ」と言う。初めての人と会って握手をする前に、その人のことを十分知っておけ。つまり、握手をしてから相手を知っていくのではいけない。

あるいは、「とにかく挑め」。あらゆることに挑戦しろ、やってみろ、と息子に勧めるのです。人生の失敗なんていくらでも取り返しができる。でも、取り返しのできない唯一《ゆいいつ》の失敗は、挑まないことだ。やってみないということが、人生における最大の失敗だ。

そして、「とにかく人に信頼される人間になれ」。この世で一番大事なことは、人に信頼され、信用されることだ。息子が父親の会社に入って、悪い取引先に騙《だま》されたことがありました。その時に書いた手紙は、「この失敗は全く大したことじゃない。これからおまえはまだ四十年仕事をするのだろう。失敗を取り戻せばいいだけだ」。そして、この失敗で考えなければいけないことは、騙した相手のことをおまえがよく知らなかったことだ、前もって十二分に調べたか、それを反省しろ、と促す。

と同時に、息子を慰めるんです。「おまえは騙された。騙されたことは決して悪いことじゃない。騙した方が悪いんだ。おまえを騙した相手は、これから先どういう人生を送っていくんだろう。この人生においては、信用というものは、極めて細い糸のようなものだ。ひとたび切れたら、それをつなぎ直すことは不可能だ」と書く。どんなことがあっても、人を裏切るようなこと、細い信用の糸を切るようなことをするなと諭しながら、息子を慰めているのです。まことに父親だなあという気にさせますね。

ウォードさんの手紙で、繰り返し説かれるのは、この三点なんです。そして、いろんな局面局面で、父は息子に具体的な忠告を与えています。

ある手紙では、企業経営者、企業家について触れています。企業家にはどういうことが必要か、いくつかの条件を息子に挙げているわけですが、一つは想像力。これからの時代を生きていくには、偉大な想像力の持ち主でなくてはいけない。

二つ目は、人間性の偉大な観察者でなくてはいけない。人間をよく見極める目を持つ、人間通でなくてはいけない。伊達政宗や毛利元就のように、ですね。それから三番目は、他人のアイディアを手早く商品化する能力を持たなくてはいけない。

四番目は、自分の信念を守る強い勇気を持たなくちゃいけない。ウォードさんは、ホットドッグ屋の例を引いて書いています。ある人物が田舎で手作りのホットドッグ屋を開き、肉はおいしいし、パンも焼き立てで、ウェイトレスも感じがよく、お客さんが帰る時は主人自ら外まで送りに出て、「ありがとうございました。また来て下さい」とやっていた。評判もよく、繁盛《はんじょう》していた。そこへハーバードを出た息子が帰省してきて、「お父さん、何をやってるんだ。これからはひどい不況になるんだから、こんな悠長な商売してちゃダメだ。このままじゃつぶれちゃうよ、うちは。うんと安い肉を遠くからでもいいから仕入れて、人を減らして、もっと近代化してやっていかなくちゃダメだよ」と意見された。「ああ、そうか――おまえはよく勉強してきただけあって、いいことを言ってくれる」と息子の言うとおりにしたら、いっぺんにお客さんが来なくなった。そこへまた息子が帰ってきたから、お父さんは、「息子よ、おまえが言ったとおりだった。本当にひどい不況がやってきた」。

ウォードさんは、「このお父さんはなぜ自分の信念を守る勇気を持たなかったか」と言うのです。お父さんはお父さんなりにいい商売をしていたのだから、いくらハーバードを出た息子がいろんなことを言おうと、「いや、おれにはおれの生き方がある、商いのやり方がある」と断固と自分の信念を守っていればよかった。

それから五番目には、情報の重要性です。社の内外からも取るのはもちろんですが、とにかく自分で情報を取らないといけない。人脈や見聞、感性の重要性ですね。

それから六番目には、危険を避けない。挑戦するんですから、危険は当然あります。ただし、危険を避けてはいけないけれども、安全確保の幅を広げておけと忠告しています。ただただ無謀に冒険するのではなくて、別案を用意するとか、逃げ道を用意するとかして、できるだけ安全は確保しておく。

七番目に、動きが早過ぎてはならない。早過ぎる動きからは、必ずミスが起こる。手抜きが起こったり、見落としが起こってくる。八番目は、愚痴を言うな。得意になることは五分間で忘れ、嘆くべきことは一秒で忘れろ。

だいたいこんな調子で、息子にビジネスの実際を教え、人生を諭し、励ましているわけです。日本人にも肯《うなず》けることばかりではないでしょうか。そして、日本人にも羨《うらや》ましく思える親子関係ではないでしょうか。

親子の関係については、『かもめのジョナサン』という世界的ベストセラーを書いたリチャード・バックという作家も面白いことを言っていました。

彼とは対談をしたのですが、あれこれ話をしているうちに、何の気なしに「あなた、お子さんいるの？」と訊《き》いたら、「イエス・アンド・ノー」って答える。「どういう意味？」「僕と妻とのあいだには息子がいる。だから、イエスだ」「じゃあ、アンド・ノーというのは何だ」「しかし、息子はまだ小さくて、一体どういう人間になるのか、どんなことが好きで、どんなところに人生の価値を見出していくのか僕にはまだわからないし、息子だって、リチャード・バックという父親がどこに人生の価値を見出して生きているのか理解していない。つまり、『親父《おやじ》があんなことをやるのは、それは親父のこんな考え方があるからだ。おれはああいう生き方は好きじゃないけど、でもあれが親父の価値観だ』とわかってくれた時に初めて、精神的に親子になれるんだ」。

だから、肉体的にはイエスだけれど、精神的には今はまだノーだというわけです。

親子の断絶なんて言葉がありますが、バックさんは、断絶は当り前だ、と言うのです。最初は断絶しているものなんだ、それがお互いにだんだん成熟してくる。親だって成熟するわけです。子供を見て、「ああ、子供は自分と違った生き方をしている。でも、あいつはああいうことに生きがいを見出して生きているのだから、あれはあれでいいんだ」と理解してやれるようになる。

「親子だから、おまえはおれの子供だから」って親が子に価値観を押しつける。子は子で、「親なんかにわかるもんか」と無視をする。それではいけなくて、親子が違う生き方をするのは当然だけれど、その価値観の違いを互いにきちんと理解し、認め合う。それで初めて精神的に親子になれる。これは味わい深い考え方ですね。

ついでに、バックさんに年齢を訊いてみました。すると、「う―ん、それはもうジャスト・ナンバーだなあ」。単なる数字にすぎない、と言葉をにごすのですね。「十六歳の老人もいるし、六十歳の若者もいるし、そんなことを訊く意味はあまりないんじゃないかな?」なんて。十四歳というのはナンバー14、百歳ならナンバー100ということでしかない、人はそれぞれ歳《とし》の取り方が違うんだ、だから、自分は歳ということは考えないんだ、と言っていました。ナンバー39がナンバー40になるだけだという考え方ですね。

これも面白い返事ですが、何だか日本の禅問答みたいだなあと感じました。案の定、彼は禅に凝っていたんです。しばらくして、彼から新しい本を送ってきましたけれど、禅についての蘊蓄《うんちく》がやたら出てくる小説で、全然面白くなかった。『かもめのジョナサン』は、ジョナサンというかもめが、かもめはこんなに大きな翼を持ってるのに、なんで下のほうばかり飛んでいるんだ、おれ一人だけでも高いところまで飛んでみよう。そう言って、仲間を捨てて大空高く上がっていく、そんな物語でした。やっぱり、小説というのはそういった具体的な描写で描いていかないといけないのに、禅の知識をあれこれ生半可に出して動いていく新作で……ああ、この小説はダメだなと思った。まあ、「ダメだな」という手紙を書く必要はありませんから、返事は出しませんでしたが、バックさんはそのうち作家としては消えてしまいましたね。

小説を書くというのは、書くことが全てでないといけない。これから書いていく小説の世界に、自分を空《むな》しくして入っていかなくてはならないのに、バックさんは小説より上に禅があったわけです。これでは、いい小説は書けない。

昔、〈主人持ちの文学〉という言い方がありました。戦前にプロレタリア文学というのがあって、作家は例えばマルキシズムに拠《よ》って書く。すると、やはりいい作品は書けないのです。ただ、具体的な描写を伴って書ければ、小林多喜二《たきじ》の『蟹工船《かにこうせん》』みたいにうまくいく場合もある。さもなければ、主人持ちの文学ではいい小説はできない。主人がマルキシズムでも、禅でも、同じことです。

もう一つ、バックさんは『かもめのジョナサン』の莫大《ばくだい》な印税で、小型飛行機を何機か持って、エア・タクシーみたいな会社の経営にも関わるようになっていた。これもよくないんですね。どんな職業もそうかもしれませんが、作家は書くことだけに集中しないと、いい作品は書けない。

作家に求められるのは、思想や信条ではなくて、作品の世界に無定量、無際限の努力で打ち込むことだけです。

5　少しだけ無理をしてみる

先ほど、今は〈視界ゼロの時代〉だと言いましたが、私個人にとっては、作家になろうと決めたこと自体が〈私の視界ゼロ時代〉でした。

私は昭和二十年春、海軍に少年兵として志願しました。あの頃の少年たちの多くは、自分たちの生きがいは国のために戦って死ぬことだ、それ以外の生き方は考えられない、と思っていました。国のために、あるいは天皇のために、戦って死ぬことが最高の生きがいだと教育もされましたし、世間もそれを当然とする雰囲気でしたから、私も十七歳の時に、反対していた父が先に軍隊に取られたのをもっけの幸いに、母を口説いて志願入隊したのです。

母は笑顔で私を送り出してくれました。けれど、戦争が終わって家に帰ってきて初めて知ったのですが、私を送り出した夜は一晩中泣いていたそうです。これは妹から聞きました。そんなに泣くぐらいだったら、どうして私に志願を許したのかと思ったけれども、それも時代ですね。母親が子供を戦場に送りたくないと思っていても、笑って送り出さなくてはいけない。送り出したあとで、一晩中泣いてしまう。そういう時代の中で私は海軍に入った。

広島県の大竹海兵団、つづいて呉《くれ》海兵団に行かされて、きわめてひどい訓練を受けました。今の若い方々には想像することはできても、ちょっと理解ができないと思いますけれども、朝から晩まで殴られてばかりのひどい訓練。訓練というか、下士官たちの憂《う》さ晴《ば》らしのためのリンチです。末期の海軍はリンチ集団でした。

食べるものは、ほんの少量のお米に、豆とかイモが入っていて、おかずは朝も昼も晩もサツマイモの葉っぱと茎を炊《た》いたものだけでした。あっという間に、私たちはすっかり痩《や》せてしまいました。

ところが、士官の食堂に行きますと、毎晩のように天ぷらを食べたりトンカツを食べたりしている。その匂《にお》いが漂ってくる。士官の部屋へ掃除に行きますと、真っ白な食パンがカビて腐っている。私はそれで、本当に日本の軍隊は堕落していると思った。われわれが聞いて育った軍隊というのはもっと純粋なもので、例えば「士官は父親のごとく、下士官は母親のごとく」といって、上官は自分の身を殺して部下をかばうものだというふうに教え込まれていたわけですが、戦局が悪くなると軍隊はこんなに腐敗するものかと、入隊したことをすぐに後悔しました。

後悔はしたけれど、私たちは海軍に入るとすぐに特攻の要員になっていましたから、もう死ぬよりしかたがないと諦《あきら》めていたのです。実際、隣の隊は特攻の訓練基地に送られました。士官からは「次はおまえたちだぞ」と言われた。頭の中で考えていた「死ぬ」ということが、すぐ隣まで来ているという、何とも言えないつらい、いやな気持ちを経験しました。みんな無口になって、私はただボソボソと『冒険ダン吉』の話をしたことをおぼえています。そんな漫画のことなど話したことはなかったのに、あれは、ダン吉のように南の島の守備隊に入って、もっと生きていたい、ということだったでしょうか。

幸い私たちが特攻基地に送られるまでに、戦争は終わりました。呉海兵団にいた時、午前中に学科を受けていたのです。その日は偶然にも、火薬についての学科で、日本軍が使う火薬はすごく優秀で、下瀬《しもせ》火薬と呼ばれるものですが、世界中がこれをとても怖がっている、という講義でした。ちなみに下瀬火薬は、日露戦争の頃に開発された古いものです。ついでに言うと、基地にあった高射砲は大正十年式、私たちが使っている鉄砲はサンパチ式という明治三十八年に作られたものでした。そんな武器で昭和二十年に戦っていた。

私たちが火薬の学科を受けている時、突然、いくつもの雷がいっぺんに落ちたような激しい振動と閃光《せんこう》が起こりました。今の今まで日本の火薬を褒《ほ》め称《たた》えていた教官が、慌《あわ》てて飛び出していきました。海軍は入った時から、「つねに沈着冷静でいろ」と毎日のように教えられます。その沈着冷静をうるさく教えていた教官がいち早く飛んで出て行った。私たちもしかたがないから、戸外へ出てみたら、広島の方向の山上にパアッと白い雲が出ていた。それは見る見るうちに丸く大きくなり、白金色に輝きながらどんどん巨大になっていった。

「どこかの発電所が爆発したんじゃないか」というのが、その日の士官の説明でしたが、次の日からは「あれは光線を使った新型爆弾だから、光線さえ通さなければ何という心配もない。白いものを体につけろ」と言われて、急にみんなで白いものを身につけて、夏でしたけれど白い手袋もはめて、そうしていれば新型爆弾を——原爆ですね——防げると信じた、という状態でした。そんな知識で戦っていたのです。近くの陸軍部隊は広島へ救援に狩り出され、二次被害を受けてしまいました。私たちは、陸海軍の仲の悪さから、広島へ行かずにすんだのです。

終戦の日も、私たちはひどい訓練を受けていました。へとへとになって訓練を終え、基地へ帰ろうとある村を通りかかったら、老婆《ろうば》が走り出してきた。たまたま私が隊列の端にいましたから、私の腕をつかんで、「お願いです、兵隊さん」と訴えてくるのです。私は十七歳の少年でしたけれど、兵隊さんには違いありません。そのおばあさんは「兵隊さん、仇《かたき》をとってください。うちの子供たちは、みんな、広島で殺されたんです」と半狂乱になって泣くのです。泣いて喚《わめ》いて、ぐうっと、きつく私の腕をつかんだ。いまだにこの腕をつかまれた痛さを思い出します。彼女は「それはひどい殺され方をした」と言いました。広島で起こったことが何であったか、どれほど悲惨な出来事だったか、だんだんわかってきました。

こういうことをいろいろ経験して軍隊から帰ってきますと、まず考えるのは、どうやったって勝てっこない、あんな戦争をなぜ始めたのか、ということです。アメリカをちょっと見てみたら、なんでこんな国と戦争したのかと不思議に思うでしょう。あるいは中国の広さを見てみれば、常識的に、ここで戦争を繰り広げていくなんて不思議に感じるはずです。しかし私は、何をどう考えればいいのかわかりませんでした。何をすればいいのか、何を信じればいいのか、確かなことは何なのか、わからなくなっていました。私は死なずに帰ってきましたが、廃墟《はいきょ》のように生きていました。

そして私たちを待っていたのは、悪罵《あくば》と嘲笑《ちょうしょう》でした。「軍隊に志願して入った」という理由で今度は非難される時代になったのです。しかも、私たちに号令をかけた大人たち、教師たちは、豹変《ひょうへん》するか、あるいは自信をなくしてしまって、終戦前のことには一切口をつぐんでいる。

私は、海軍に自ら志願したというので「予科練崩れ、特攻崩れ」「ダスキンからまだ抜けないな」「ゾルだったのか」などと散々いじめられました。ダスキンって、ドイツ語のダスキント、子供って意味です。幼稚で低脳な野郎だ、と莫迦《ばか》にしているわけですね。ゾルはやはりドイツ語のゾルダーテン、兵隊。ゾルという語感もものすごくイヤでした。しかし、私は生きていかなくてはならない。ゼロから再出発しなくてはいけない。廃墟のような自分を、自分の手で、作り直していかないといけない。

私は経済の大学に入りましたけれど、「人生とは何だろう」「世の中とか国家とかって、一体何なのだろう」ということばかり頭にあって、ずっと考えつづけ、それを考えるために助けとなる本を読んでいきました。自分の好きな勉強といいますか、考えたいことを考える、読みたいものを読む、書きたいことを書くことを通してきました。私はたまたま生き残ったけれど、はげしく生き、そして死んでいった同世代の者たちに代わって何ができるのか、はっきりはしないけれど、ただ、小説の形で答えるしかない、とだけは思うようになったのです。

私が文壇に出たのは新人賞を貰《もら》ってからです。名古屋市千種《ちくさ》区城山の小さな借家に三月に越したから、城山三郎というペンネームにしました。それまで同人雑誌に属していたのですが、同人雑誌をやられる方はおわかりでしょうが、お金がかかるんですね。そのうえ、「小説はページ数をたくさん取るから、小説書くやつは割増料金を取る」なんて言われた。しょうがないので、「文學界」という雑誌の新人賞に応募しました。

そして五月のある日、私が風呂《ふろ》に入っていたら、家内が飛んできて、「うちにシロヤマなんて人いないわよねえ」と言う。「電報配達の人が来て『お宅の住所にシロヤマって人がいるから渡してくれ』って。知らないわよねえ」「待て待て、それはおれだ、おれだ」。

あそこで家内が追い返していたら賞を断ったことになったのかなと今でもときどき思うんですが、幸い、わりに早く賞をもらうことができて、それから一年ぐらいで直木賞も受賞できました。

けれど、その直木賞受賞の記者会見で最初に質問されたのが、「あなたの師匠はどなたですか」。

これには驚いて、二の句が継げなかったのです。作家というのは一人一人が勝手に物を書いていくものだと思っていたら、日本の文壇にはいろんな流れがあって、例えば佐藤春夫《はるお》は「門弟三千」と言われていた。弟子が三千人いるというのです。丹羽《にわ》文雄さんには「丹羽部屋」という言葉があって、お相撲さんの部屋みたいですけど、やはりたくさんの弟子筋がいる。あるいは早稲田出身者は、偉い作家から新兵の作家まで大勢いますから、新兵ではないけどもいつまでも偉くなれない作家のことを「早稲田下士官」と呼んだりもしていました。あれやこれや、いろんな流れがあるけれど、「あなたはどの師匠の流れですか」。

へえと思いました。これは、やっぱりどこかの流れに入ったほうがいいのかねとも思いますが、私はほかの人が書いていない領域をテーマにしていましたし、また、文壇とは全然違うところから出てきたし、文壇のいろんな流れにあまり関心がなかったものですから、ずっと自分だけで自分なりの道を歩くことになりました。

ある文芸評論家は、文學界新人賞の選考委員をしていて、私に票を入れてくれたんですが、受賞直後の新聞の文芸時評で「自分は城山に票を入れたけれど、あれは間違っていた」と書いた。選考委員が自分で間違っていたって書くなんて、これにも驚きました。相撲の行司だって自分から差し違えを認めませんけどね。私は三対二の一票差で受賞していますから、彼が反対に回っていたら受賞できなかった。

いま振り返ると、それこそ土俵の外から、「なんでおまえは、あんな作品に賞をやったんだ?」と文句でもついたのかなと思います。文壇の意識からいえば、経済をまともに取り上げた小説なんて、日本の純文学の流れじゃないのです。病気とか死、女性の問題とか貧乏、そういうものが文学のテーマでした。そんなテーマとまったく関係のない『輸出』が文學界新人賞、『総会屋錦城《きんじょう》』が直木賞なんてどういうことだ、あんなものは文学じゃないとクレームがついたんじゃないか。そう思わせることが何度かありました。

作家になってしばらくして、私はものすごい不眠症になって、体重が四十七キロまで落ちました。睡眠薬を何種類も飲んで、体が軽くなったから箪笥《たんす》の上にのぼったり、はては鴨居《かもい》にぶらさがったりした。ちょっと病的になったので、国立第一病院というところに一週間入院しました。精密検診をしてもらって、医者が言ったのは、「週に一日外へ出て、仕事をまったく忘れなさい。太陽の下で、体を使いなさい」。

書斎を出て、仕事を忘れて日の当たる所へ行け――これは釣りか山歩きかゴルフかだなあと思って、私はゴルフを始めたんです。そしてゴルフ場で大岡昇平さんと親しくなりました。ある日、ふと、大岡さんに訊《き》いたのです。

「文壇づき合い、つまり作家たちや編集者たちとのつき合いは、どう考えたらいいんでしょうね」。すると大岡さんから返ってきたのは、「つき合ってもつき合わなくても、最後は作品だぜ」という明快な答えでした。そんな人間関係に気を使っても使わなくても、結局は作品が勝負なのだから、考えないほうがいいよ、と。これで「やっぱり、そうか」と吹っ切れまして、とにかくいい作品さえ書いていればいいんだ、と思って今までやってきました。

一橋大学の先輩にあたりますが伊藤整という作家がいました。伊藤さんは『日本文壇史』という大作もあり、文壇のことをよく知っています。また、文壇の空気というものを努めて冷静に分析しているような人でした。やはり文學界新人賞の選考委員で、伊藤さんは私に反対票を入れていました。

伊藤整さんも、「新人賞の選考会では、一橋の後輩のあなたに何もしてやれなかったけれども、一つだけ忠告をするよ」と言ってくれました。

「あなたはこれから先、プロの作家としてやっていくのだから、いつも自分を少しだけ無理な状態の中に置くようにしなさい」

これも大岡さんの言葉同様、私にとって実にありがたいアドバイスになりました。〈少しだけ無理〉というのがいいのです。ごく自然にアイディアやインスピレーションが湧《わ》いたから小説を書く――これは無理していませんね。自然のままの状態です。小説や詩はインスピレーションが湧いてこなければ書けないだろうと思うのですが、夏目漱石《そうせき》の『文学論』を読みますと、作家にとってのインスピレーションというのは人工的インスピレーションだ、とある。つまり、ぼんやり待っていたら何かがパッとひらめいた、じゃなくて、インスピレーションは自分で作り出すものだ。だから、インスピレーションを生み出すように絶えず努力しなくてはならない。自然な状態で待っていてはダメなんです。負荷をかけるというか、無理をしなくてはいけない。けれども、それが大変な無理だったら続きませんよね。作品がダメになってしまう、あるいは体を壊してしまう。

注文があったら全部引き受ける、という作家がいます。書ける時は書くんだという作家がいる。私は二、三度、松本清張さんから人を介して、「なぜ城山はもっと書かないのか」と忠告されたことがあります。「そんなこと言ったたって、こっちはね」と言って相変わらずマイペースでやってきましたけれども。本当にもう夜も寝ないで書かないと書けないくらいの量を書く、だから〈立ったまま書く〉——立ったままだと眠れませんからね——という作家もいました。でも、そんなふうに書いてきた作家は、清張さんのようなよほど大きな才能がない限り、やっぱり消えていきますね。少々ではない無理を続けることはよくない。

例えば遠藤周作さん。あの人には、キリスト教を扱った真面目《まじめ》な作品のほかに、自分を戯画化して面白おかしく書いた作品がいっぱいあります。実に気楽な嘘《うそ》ばかりついて、のんきな人だなと見えますが、遠藤さんは締切りに絶対遅れない作家として有名でした。若い頃に大病をしながら、質量共に豊かな作品を書いた作家が、どんな時でも必ず締切りを守る。

その遠藤さんから、突然電話がかかってきて、「城山さん、あなた、経済に明るいんだけど、このケースは一体どう考えたらいいのか、教えてくれ」と言うんです。そして的確な質問をされた。いい加減に書いていないのですね。主筋と関係なくとも、作品の中に少しだけでも経済のことが出てくると、きちんと聞いて確かめて書く。これはやはり、メチャクチャな量を書いている作家にはできないことですよ。少しだけ無理な状態で書いているから、それなりの量を書けるし、作品に幅も出るし、作家としての成熟もできるのです。

少しだけ無理をしてみる——これは作家に限らず、あらゆる仕事に通用するテーゼじゃないでしょうか。

自分を壊すほどの激しい無理をするのではなく、少しだけ無理をして生きることで、やがて大きな実りをもたらしてくれる。知らず知らずのうちに、元の自分では考えられないほど、遠くまで行けるかもしれない。自分の世界が思わぬ広がりと深みを持てるかもしれない。仕事のみならず、人生全般についても言えることかもしれません。

中山素平《そへい》という銀行家がいます。私も尊敬している人物ですが、彼がよく口にする言葉に、「箱から出なくちゃいけない」というのがあります。中山さんが人を評価する基準は、「あいつは箱の中に入って安住しているか、それとも箱から出ようとしているか」という点なのです。最初にお話ししたように、安住しないことは初心を忘れないことでもあります。

自分がいる箱の中に安住してしまってはダメで、自分がその中にいる箱から出ていこうと、チャレンジし続けなくてはならない。むろん、チャレンジしたところで、作家がすぐにいい作品を書けるわけじゃありません。あるいは、いい製品が作れる、いい技術が見つかるわけじゃない。けれども、チャレンジしないでいると、いつまでも箱の中にいることになる。それでは、作家として、あるいは職業人として、伸びない。先行きがない。だから私も、できるだけ――変な言い方ですが、できるだけ少々無理をしよう、箱から出ようと、今も心がけています。例えば、今までに書いてきたような小説をまた書くよりも、できるだけ違う、新しい、変わった、幅の広い、いろいろなものが描き出せるような小説を書きたいと願っているのです。

私の小説のテーマは、〈組織と個人〉という視点から始まりました。少年兵として軍隊という組織に入って苦しんだ体験から、組織という巨大なものの中で一人の人間がどう生きるか、たいていは組織に潰《つぶ》されてしまうかもしれないけれども、潰されずに生き延びようと思ったらどうすればよいのか、そんなことを考えたかったのです。

組織というものは、さまざまな形で存在します。軍隊もそう、国家もそう、あるいは企業もそうですね。私たちの年代は組織の怖さを知っているので、同窓会・同期会の類《たぐ》いがいちばん少ない世代なのだそうです。たとえ懐《なつ》かしい友達との同窓会であろうと、もう組織を作りたくない、という気持ちが強いのです。

私が新人賞を得た『輸出』という小説は、企業という組織と、サラリーマンという個人の関係を描いたものでした。戦後新たに出てきた〈輸出大国〉、つまり輸出で日本を立て直すという大義名分のために、商社マンが自分の生活を犠牲にし、家族を犠牲にして生きていく。大義の旗の下で、組織の犠牲になって生きることには、どういう意味があるだろう。戦争中、〈忠君愛国〉〈五族協和〉などといった大義のもと、軍隊という組織で潰されていった人生と似ていやしないか。戦前も戦後も、日本における〈組織と個人〉の関係は、実は変化していないのではないか。

そして、日本人の〈組織と個人〉の関係があまり変わっていないのであれば、やはり一度きちんと、ああいう愚かな戦争をなぜしてしまったのか、それを克明に書いておきたいと思ったのです。それだけは書き残しておかないと、再び私のような少年たちが、同じ苦しみを味わいかねない。

そこで、こんな小説を書こうと思い立ちました。

私自身が生まれた頃、昭和のはじめですが、日本の指導的な立場にあった政治家は何を考えていたのか、どういう暮らしをしていたのか。私が小学校に入った時には、その政治家は何を考え、どういう暮らしをしていたか。私が中学に入った時、あるいは、もう死ぬことこそ最高の生きがいだと信じて海軍を志願した時、その政治家は何をしていて、本心ではどう考えていたのか。もう負けるに決まっている戦争に若者たちを駆り集めて送り込むことについて、何を思っていたのか。私自身が育っていく過程、つまり戦争に巻き込まれていった少年の世界と、戦争に巻き込んでいった大人の指導者の世界を、並行描写で描く戦争小説を書いてみようと思い立ったのです。

私自身のことは自分を書いていけばいいのですが、日本を戦争に巻き込んでいった指導者として誰を書くかで悩みました。私はその頃はもう徹底して軍人嫌いになっていたので、軍人を書く気がなかったからです。あれこれ考えているうちに、東京裁判でA級戦犯として死刑になった七人の中で、軍人でないのは広田弘毅《こうき》元首相一人しかいないのに気がついた。そこで、この広田という外交官出身の総理大臣が生まれた時、育った時、そして私が小学校に入る頃、何を考え、何をしていたか。私が海軍で生きるか死ぬかの時に、どういう暮らしをしていたか。すでに忘れ去られた政治家の一人に過ぎませんでしたが、私は広田弘毅という人物を調べ始めたのです。

広田は昭和十一年に総理大臣になりました。当時総理になる人は、名門の家の出とか、あるいは陸海軍のエリートコースを通ってきた人が多かったのですが、広田は九州博多の貧しい石屋の息子ですから、珍しいケースでした。貧しい出身で、しかも軍人あがりでもなく、名門の家の娘と結婚したわけでもなかったので、総理大臣になった時は〈庶民宰相〉だと当時の新聞、マスコミは大騒ぎしました。ところが一年と経《た》たないうちに辞職して、戦後は叩《たた》かれて、そして、なんとなく歴史の彼方《かなた》へ消えていってしまった人――私は広田について、そんなイメージを持っていました。

戦後になって、広田は軍部に対してあまり抵抗しなかった、と批判されました。けれどもきちんと調べると、この人は、二・二六事件という右翼と軍隊がクーデターで政府を倒そうとした恐ろしい事件の後で、実行犯や首謀者といった人たちに対し、きちっとした決着をつけている。これはそれまでの総理がやらなかったことです。軍部が何か事を起こしても、みんな、うやむやにしてきた。だんだん調べていくと、広田のいろんな軌跡が見えてきました。悪名高い三国同盟だって、ぎりぎりまでイギリスや他の国も引き込んで、共産主義に反対するための同盟にしようと努力していた。私はただ、日本を戦争に巻き込んでいった指導者という観点から調べ始めたのですが、広田が実に立派な人だとわかってきたのです。そのため、最初の構想の、〈戦争に巻き込まれていった少年〉と〈巻き込んでいった政治家〉を組み合わせた戦争小説を書くプランを捨て、とにかく広田弘毅という人物に焦点をあてて書こうと思い直しました。それが『落日燃ゆ』という小説です。

ところが困ったのは、広田さんの遺族がもう頑《かたく》なに取材拒否なんですね。「父は死ぬ時に、自分のことについては一切しゃべるな、と言って処刑されていきました。子供は父親のことを飾ってしゃべるものだ、自分はそれはイヤだ、何を問われても、父は苦労したなどと言うな、と。ですから、何もお話しすることはできません」。実にきっぱりと、一家をあげて取材拒否でした。どんな人とも会わない、しゃべらない。だから広田家のことをよく知っている人は、「広田さんの一家は、お父さんが死刑になった時から、もう一家全員が死んだのと同じです」と言いました。ずっと戸を閉じたまま、全く外に姿を見せない。何度訪ねても、文字通りの門前払いです。私は困りました。いろいろな形で頼んでみましたが、会ってもらえない。

そんな時に、またゴルフ場で大岡昇平さんと会って、大岡さんに「いま何書いてるんだ？」と訊かれたものですから、実は広田弘毅を書きたいのだけれど取材拒否の壁があって難渋しているんだと打明けましたら、大岡さんが驚きの声をあげて、「広田の長男とおれは小学校以来の親友だ」と言うのです。私の方がもっと驚いたでしょう。そして大岡さんは、「おれから彼を口説いてみる。君なら変なものを書かないし、父親が黙っていろと言っても、やはり歴史の真実の姿を残しておくのはたいへん大事なことだ。責任をもって口説くから」と、幼馴染《おさななじみ》である広田さんの長男を説得してくださった。

それでようやく長男の方が私に会ってくれ、二男は亡《な》くなってますが、総理秘書官だった三男にも会えることになった。あと、下にお嬢さんが二人おられます。嫁がないままに広田さんの家、鵠沼《くげぬま》という江ノ島に近いところにお宅がありますが、そこに三男の方とお嬢さん方とが住んでいらっしゃる。そこへ会いに行きました。

とても質素な家でした。簡素で古い、本当にもうくずれそうな家。しかも、終戦の間際《まぎわ》に、「広田は和平工作をしている」と厚木の海軍航空隊の戦闘機が広田さんを殺そうとして弾を撃ち込んだ、その機銃弾の跡があるような家です。その家でまず膨大な資料を持つ三男の方にいろいろ取材をしました。

妹さん二人は、広田さんがとても愛していたお嬢さんたちで、東京裁判のあいだ、父親が出廷する日は必ず来て、二階席のいちばん隅でじっと見ていた。むろん話しかけることなんかできない。離れた場所から、ただ父を見つめるだけです。その姿を米軍の憲兵隊長が見て心を動かされ、彼女たちのためにいつも席を取っておいてくれたというぐらい、父親思いのお嬢さんたちです。

私があれこれ三男の方に取材していますと、「ああ、それは妹のほうがよく知っています。ちょっと妹に聞いてきますから、お待ちください」ということが何度かありました。本当なら、妹さんに会わせてもらえればいちばん簡単なんです。しかし、妹さんはやっぱり父親に命じられたままに、一切自分の口からは話さない。ただ、お兄さんになら話すという形で、ふすま一枚向こうにおられるのですが、姿を見せないで、私が何か尋ねますと、お兄さんが「ちょっとお待ちください」と隣の部屋へ行って妹さんたちから聞いて、「妹の記憶ではこうでした」と答えてくれる。そんなやり取りを繰り返しました。私もさまざまな取材をしましたけれども、そういう形での取材は最初で最後でした。

けれどもそんな取材のおかげで、それまで表に出ていなかったことをたくさん知ることができたのです。例えばさっき言いましたように、広田さんは珍しく平民出身というか、ごく庶民階級から身をおこして総理になった。総理は天皇が任命するわけですから、昭和天皇の前へ行って総理大臣を命じられる。

　天皇は「広田弘毅に内閣総理大臣を任ずる」と仰《おっしゃ》って、いくつか注意をします。その頃、天皇が総理大臣に与える注意は三点ありました。憲法を遵守《じゅんしゅ》するように。外交関係で無理をして大きな摩擦をおこさないように。財界に急激な変動を起こさないように。この三ヶ条です。天皇が新しい総理に必ず言い渡す決まりごとのようなもので、広田さんも承知していますから、天皇が三ヶ条仰ったので、もうこれで終わりかと思って頭を上げようとした。すると天皇は、もう一つ注意することがあると続けられた。それは、言葉は正確ではありませんけれども、「上流階級を崩すようなことのないように」と言われた。つまり、平民から出てきた総理だけど、上流社会が困るようなことをしないように、と注意をされた。

　これは昭和天皇の本心ではなかったと思います。当時の上流階級が天皇にそういうことを言わせたのだと私は思っています。ただ、広田さんは吃驚《びっくり》しました。自分が身分の卑《いや》しい、貧しい庶民の出だからといって、天皇の口からそういう注意をなさったのだから、それは驚きます。

　こんなこともありました。広田さんが総理大臣として初めて予算を作ろうとした。そこへ天皇からお呼び出しがあって参内すると、陸海軍の予算はこれこれの額だから、あらかじめ取っておくように、ということを天皇みずから言われたのです。予算の編成権というのは内閣にあるはずなのに、陸海軍の予算をまず先に確保しておきなさいと命令されて、やはり広田さんはショックを受けます。

そんなふうに昭和天皇とは何とも難しい関係にあったのですが、ただ、昭和天皇と広田さんとの間で気持ちが一つになったのは、勲章についてでした。勲章をもらうのは軍人と役人、政治家が多い。今でも、軍人こそいませんが、同じですよね。そして、軍人は手柄を上げるたびに勲章の位が上がっていくので、勲章欲しさに戦争を起こす人まで出てくるわけです。

けれど実際には、お国のために役に立っているのは軍人や役人だけではなくて、普通の人が普通のことを一生懸命やって、それもお国のために立派に役立っているのだから、彼らにも勲章をあげるべきだ。あるいは文化、芸術の世界にいる人もそうじゃないか。これは広田さんの子供たちが言い始めて、広田さんが賛成したのだそうです。でも、そんな勲章を作ろうとしたら勲章を占有視している軍部が必ず反対しますから、まず最初に天皇に話をした。天皇が「それをやろう」と仰れば、軍部は反対できないですから、それで天皇にご相談をした。

すると、昭和天皇もちょうど同じようなことを考えておられたのです。軍人ばかりが勲章を貰《もら》うのはおかしいと思われていたので、「広田、それはとてもいいことだから、その勲章を作りなさい」。これが文化勲章です。

それまでの勲章のデザインといえば、桜花です。軍人はみんな桜の勲章をつけます。桜はパッと散りますから、潔《いさぎよ》く散る桜のように、軍人は潔く死ぬべきだと桜のマークの勲章をつける。広田さんの最初の案も、桜花マークの文化勲章でした。すると、天皇は、「自分の考えでは、桜はもういいのではないか」。すでに軍人がいっぱい貰っているのだし、それとは違うものを作りたい。それに文化は永遠に残るものであり、散りぎわの美しさを代表する桜とそぐわないのではないか、という意味のことも仰って、「御所には桜と橘《たちばな》があるのだから、今度は橘の白い花をデザインしたらどうか」。それでできたのが今も残る、橘の花の文化勲章のデザインです。暗い時代に、天皇と広田さんとの苦心が実ったのが、あの全く階級のない勲章――文化勲章というのは一等、二等といった等級がない――なのです。

そんな中でも、やはり軍部の力は強大で、広田さんはずいぶん苦労します。苦労しながらできるだけの抵抗はしたのですが、戦後になって振り返った時に、広田は力足らずで結局軍部に押し切られたという評価をされがちです。けれども例えば西園寺公《さいおんじきん》望《もち》、総理大臣を選ぶ元老という立場にあって、最もよく天皇と歴代の総理を見てきた人物ですが、彼は「広田のやったことが限界だ」と評しています。広田はもう限度いっぱいに軍部に抵抗した、あれ以上のことをやったら憲法が壊れてしまう、と証言している。

戦後になって、特に進歩的な学者――「自分は進歩的だ」と称する学者は、しばしば広田さんを悪く書いたり言ったりしますけれども、私が調べた範囲内でも、広田さんはあの時代にできる、ギリギリの抵抗をしています。

6 自ら計らわず

広田さんの生い立ちにさかのぼって、お話ししましょう。

広田さんは先に触れたように、貧しい家の出でした。子供の時に、葬式の行列の提《ちょう》灯《ちん》を持って歩くと、お金をくれる。それで学用品を買っていた。田中角栄さんもやはり貧しい家の出で、庶民宰相だと言われましたけど、広田さんは田中さん以上に庶民宰相だと思います。

広田さんは福岡の出身ですが、福岡へ行っても、彼の名残りはもう何もありません。ただ一つだけ、福岡市の真ん中に天神という街がありまして、そこには市役所と向かい合って水鏡天満宮という天神様があります。小さいけれど格式の高い神社です。

その天神様には鳥居が二つあって、一つの鳥居には「天満宮」と書いた掲額が掛かっています。そちらにはその文字を書いた人の名前も書かれており、侯爵《こうしゃく》黒田長成《ながしげ》謹書と書いてある。つまり福岡の藩主黒田家の末裔《まつえい》の書いた文字です。もう一つの額は、ただ「天満宮」と書いてあるだけで、署名はない。だから誰が書いたか一見わからないのですが、これは無名の一少年、石屋の息子であった広田が小学生の時に書いた文字なんです。そんな無名の小学生が書いたなんてことはどこにも記されていません。たしかに天満宮にとっては、この子供が総理になるなんて夢にも思わないわけですから、特筆すべきことではなかったでしょう。

それは実にいい字なんです。子供らしく伸びやかで、見ていて気持ちのいい字です。しかし、なぜそんな無名の子供に書かせたかというと、これはもちろん鳥居を作った石屋の倅《せがれ》だったからですね。「揭額の字を誰に書かせようか」と神主が話していた時に、石屋の親父《おやじ》さんが、手を挙げたわけです。大変よく働く親父さんで、広田が子供の時には貧乏だったんですが、「三十五日さん」とあだ名されるくらい、つまり「ひと月に三十五日分働いている」と評判になるぐらい夫婦で働いたので、だんだん豊かになってきた。そんなところを見込まれて鳥居の注文も来た。

そして、字を誰に書かせるかという話になった時、その石屋の親父さんが恐る恐る神主に頼んだ。「うちの倅がとても習字が好きで、なかなかいい字を書きますけれども、どうでしょうか」。これはまあ、道楽もしない朴訥《ぼくとつ》な働き者が見せた親バカみたいな気持ちですね。「どれ」と神主が持ってこさせると、なるほどいい字を書いている。

私は、この神主が偉かったと思います。天神様というのはお習字の神様です。だから、「お習字がうまくなれば、無名の少年だって立派な額を書けますよ」と、PRになる。片方は藩主の家の字ですから、うちにお参りに来れば、藩主と並べられるほどうまい字が書けるようになる、ってことです。無名の石屋の倅の字が額になったことは、おそらくその頃の新聞に大きく出て、天神様のいい宣伝になったと思います。

親父さんは息子の字のうまいのが自慢だったのですが、広田弘毅《こうき》が総理大臣になるきっかけも、お習字がうまかったことから始まりました。

この親父さんは、弘毅は長男ですから当然石屋を継がせるつもりでした。ところが、弘毅は非常に頭がいい。小学校の成績も抜群によかったので、小学校の先生たちが中学に進学させたいと親父さんを口説いた。その口説き文句に、「あなたの息子さんは小学校でさえこんないい字を書く。中学へ行ったら、もっとうまい字を書きますよ」と言ったんです。中学進学と習字はあまり関係ないと思うんですが、とにかくそういう勧め方をした。これに親父さんは乗った。

たしかに、石屋はうまい字を書かなくては困るのですね。お墓の字などは石屋が書くのですから、字がうまいかどうかは商売上、とても大事なことです。だから、息子にうまい字を書かせるための教育をするのは、後を継がせるために大事なことですから、「じゃあ、しょうがない。そういうことなら中学校へやりましょう」。中学に行くと、また同じ理屈です。「中学でこんなにうまい字なのだから、高等学校へ進めばもっとうまい字が書けますよ」。それで一高へ進む。もっとも親父さんに学費を出すまでの余裕はなかったのですが、この頃から広田を見込んでお金を貸してくれる人も出てきて、東大に入る。本当なら行けないはずの学校へどんどん行ってしまう。

一高、東大に入って、東京で学生生活を始めます。地方から上京してきた青年は、普通は下宿に入ります。けれど広田の場合、裕福ではなかったせいもあって、数人の学生仲間で一軒の家を借りました。そこへ賄《まかな》い婦を頼んで炊事をしてもらう。これがいちばん安上がりですよね。

しかしこれは、ただ経済的な理由だけからではなくて、切磋琢磨《せっさたくま》して勉強し合えることも広田には重要でした。数人が一緒に暮らして、毎日一緒に勉強したことを交換し合い、互いに啓発していく。

この時、賄い婦に頼んだのが、のちに広田の夫人となる女学生です。静子という美しい女学生ですが、彼女の家も貧しくて、子供が多くて食っていけない。それを見て、自分たちの寮へ賄い婦として来てもらった。静子は、家の食《く》い扶持《ぶち》を減らすために、弟二人も連れて三人で寮への住み込みを始めます。そして、広田たち十人分ほどの賄い、つまり朝晩の食事の用意をして、それが済むと静子は女学校へ行く。そんな生活の中で、広田は勉強会をやっていたのです。

ちょうどその頃、日英同盟ができました。広田はこれに反応して、日英同盟を一体世界各国がどう見ているか、みんなで世界中の新聞を取り寄せて、ロシア語やってる学生はロシア語から訳す、フランス語やってるやつはフランス語から訳す、ドイツ語やってるのはドイツ語から訳す、そうやって世界中の新聞の日英同盟に対する反響を集めて翻訳して、『日英同盟と世界の世論』という小さな本を作りました。本というか、パンフレットみたいなものです。それを配った。

これはつまり、渋沢栄一のように、仲間の学生と結合し、吸収し、建白しているわけです。単なる勉強好きの学生ではない。

広田の本を読んだ外交官たちは感心しました。その中の一人が、まだ学生だった広田にお金をやって、外務省の機密の仕事を与えたのです。「おまえはこんなによく調べる男だから、それを見込んで頼むけれども、夏休みに満州へ行って」——ちょうど日露戦争の始まる直前の時期です——、「ロシアが今どういう動きをしているか探ってきてくれ」。つまり、スパイをしろ、と。軍人が行ったり外交官が行ったりするとマークされますから、学生が旅行するという形で見てきてくれ。

そうして、彼は、学生のまま金をもらって、実際にはスパイとして、旅順、大連、それから満州全域をずっと見て回りました。旅順の要塞《ようさい》工事の中へも土方になって入り込んだりして、今ロシア軍が何をやっているかを探って、詳細な報告書を書きます。これはもう命懸けですね。向こうで見つかって殺されそうになることもありましたが、命を懸けても吸収し、建白した。

一学生が書いたものながら、これはなかなか優れた報告書で、最終的に日本がロシアに対して戦争をするか否《いな》か、日露開戦のための資料の一つになりました。つまり、外務省に入る前から、広田は認められていたわけです。

ところが、広田は英語の点数があまりよくなくて、外交官試験に落ちてしまいます。もう一回試験を受け直して、翌年、外務省に入る。二年目の受験ですから、とうぜん広田は首席で入りましたが、同期で入ったのが吉田茂。同期生が他にも何人かいますけれども、彼らは競い合って、外務官僚として生きていくことになります。

広田弘毅と吉田茂の生き方はまったく対照的です。

実は二人とも、当時の外務省の主流からの受けはあまりよくありませんでした。当時の外務省の主流というのは幣原《しではら》外交です。幣原喜重郎《きじゅうろう》が中心になっている外交。幣原さんの考え方は、社交がうまくて、語学が達者で、そして上の人の言うことをよく聞くのが優秀な外務官僚だというものです。つまり、能吏ですね。能率のいい、能力のある役人こそ外務官僚にうってつけだ、という考え方です。

吉田とか広田は能吏とはちょっと違うんです。もっと国士的です。国士という言葉は今使いませんけれども、国のことを憂《うれ》えて、こういうふうにすべきだ、ああいうふうにすべきだと自分の考えを直言するタイプです。そのために二人とも、あまり幣原さんにはかわいがられなかった。

吉田も広田も同じ国士タイプでしたが、まるで違う結婚をしています。

広田は苦学しながら東大を出て、外交官になりました。外務省というのはエリートの集まっているところで、出世するためには、少しでも家柄がよくなくてはいけない。自分の家柄がよくなかったら、いい家柄からお嫁さんをもらう。そして出世していく。いわば毛並みを良くすることが出世の条件みたいなところがありました。

だから、同期の吉田茂は——彼の家柄はよくないとは言えませんけれど——、大久保利通《としみち》の孫娘と結婚します。これはもう家柄としては抜群にいい。吉田夫人は大久保の孫娘というだけでなく、牧野伸顕《のぶあき》の娘でもありました。牧野は、西園寺に次ぐぐらいの元老で、政界の実力者。吉田はその娘と結婚することで箔《はく》をつけて、出世コースを突っ走っていこうとした。ちなみに幣原は三菱《みつびし》、岩崎家の令嬢と結婚しています。

ところが広田弘毅は、さっきも言ったように、学生時代に自分たちの寮で炊事をやっていた娘さんと結婚しました。広田さんにはもちろん、いわゆるいい縁談の話は降るほどありました。学生時代から認められているし、首席で入省しているしで、高橋是清《これきよ》その他から縁談はたくさん来ていた。しかし、彼はそういう縁談には一切振り向かないで、賄い婦をしてくれた女学生、静子と結婚します。広田さんはもう好きになった静子さんのことしか考えられない。

二人は結婚しても、貧しい家同士ですからろくに新婚旅行にも行けなかった。二人が新婚旅行に行ったのは江ノ島なんです。江ノ島も橋で海を渡りますから海外旅行といえば海外旅行ですけれど、とにかく江ノ島へ行って、帰りに貝で作った指輪、貝細工の指輪を買って花嫁にあげた。「いつかは本当の指輪を買うから、今日は思い出にこの指輪を」と言って。そういう貧しい時代から、この二人はたいへん愛し合い、信じ合って生きていきます。

広田弘毅はそんな人ですから、出世しようと思わないんですね。広田さんが自分にたえず言い聞かせているのは、「自ら計らわず」という言葉です。つまり、自分の利益になるようなことを求めない。人のためには尽くしますが、自らのために計らわない、というのが広田さんの一生の信条でした。ですから、外務省に入っても、一生懸命仕事はするけれど、上役にゴマをすったり、猟官のための運動などは一切しない。

一方、吉田茂という人は、自らのために計らう人なんです。それも中途半端《はんぱ》に計らわないで、徹底的に自ら計らう。とにかく、ちょっと恥ずかしくなるくらい計らうのですが、これはまた立派なんです。実に痛快なところがある。中途半端がいけないんですね。まあ、吉田さんは自分に自信があった、「おれのような力のあるものをなぜ使わないか」という自負があったから、平気でそういうことができたんです。吉田茂は、さっき言いましたように非常にいい家のお嬢さんをもらって出世コースを歩きかけましたが、皆さんもご存じのあのブルドッグのような怖い顔をして、上役の言うことはなかなか聞かずに、勝手なことを言いたい放題に言う。これは自分勝手ということではなくて、国を憂えて勝手なことを言うわけですが、当然上役の受けはよくない。だから、なかなか吉田が思うようなコースに行けなかった。外交官として出世するためには、アメリカへ行ったりイギリスへ行ったりするのがいいのですが、吉田は中国ばかりを転々とさせられます。

それで何回目か、天津《てんしん》総領事のあと、奉天の総領事になれと幣原外務大臣に言われて、吉田は断るのです。中国なんか行くのはもうイヤだ、と。でも、吉田だって役人ですから断りきれるものでもないけれど、「どうしても行けというなら、総領事にはなるけれども、高等官一等にしろ」と粘る。役人はみんな位がありますが、高等官一等にしてくれたら奉天総領事になろう、と言うのです。それでさすがの幣原外相も困った挙句、位を上げるためには同期生の資料も全部要りますから、同期生全員の資料もつけて審査委員会に提出したんです。そうしたら審査の結果、吉田茂は落ちて、参考資料として出した同期生、広田の位が上がってしまった。広田は自ら計らわないまま昇進したのです。

でも、ここで諦《あきら》めないのが吉田茂のいいところというか、面白いところで、「そうか、それがダメなら、奉天には行くが、それについては一筆書け」とまだ頑張ります。満州には、関東軍の司令官がいる。それから、すぐ近くに関東州という日本の租借地があって、関東州長官がいる。ほかにも何人か日本を代表した立場の人間がいる。縄張り争いが激しいのですね。その中で奉天総領事の吉田茂がいちばん偉いと書けと、総理大臣の加藤高明に訴えた。

こんなメチャクチャな注文はないのだけれども、吉田茂という人はとにかく言ったら引かない人ですから、加藤総理も仕方なく、「吉田茂がいちばん偉い」と書いたかどうかは知りませんが、そういう意味の一筆を書いた。吉田さんは喜んでこれを持って奉天に赴任して、何かあると「おれがいちばん偉いんだぞ」とやったんですね。それで、例えば張作霖《ちょうさくりん》はカンカンに怒って北京へ走ってしまい、もう日本の総領事なんかを相手にしなくなるわ、あの強引な関東軍が呆《あき》れて「吉田は強引だ」と突き上げるわで、吉田さんはある意味ノイローゼみたいになって日本へ帰ってくることになります。これはやはり面白い人物ですよ。

閨閥《けいばつ》もなく、自ら計らうこともなかったにもかかわらず、広田は吉田よりも早く外務大臣になり、総理大臣になっていきます。どちらが幸運だったかはわかりませんが、やはりここでも人は性格に合った事件に出会っている、と言えるかもしれません。あるいは広田も吉田も初心を忘れなかったと言ってもいい。二人は、それぞれ二人らしい道を歩んでいきます。戦後広田が処刑された時、日本の総理大臣は吉田茂でした。

広田は幣原に睨《にら》まれたせいで、次は外務次官だと目されていた時期に、オランダ公使へと左遷《させん》されます。オランダは、日本とは古い付き合いがありますが、小さな国ですね。赴任してみると館員は三人しかいない。庭もなくて、公館がいきなり道路に面している。隣家との境は薄い板の壁があるだけで、しかもその隣の家というのがダンスホールで、五時以降になるとうるさくて、全然事務が執れない。そんな場所へ次期外務次官といわれていた広田が飛ばされた。広田はオランダへ赴任する時に、「風車風の吹くまで昼寝かな」という俳句を残しています。自分は風車の国へ行って、のんびり昼寝してこよう、ってことですね。

そんな句を詠《よ》みながらも広田は、赴任が決まるとすぐに平戸、長崎へ行って、日本とオランダの交渉史を徹底的に勉強しています。日蘭《にちらん》交渉史の教授に教えを乞《こ》うてもいます。自分の部下をインドネシアへやって、当時はオランダ領東インドですから、オランダの植民政策を詳細に調べさせてもいる。オランダへ行ってからも、ものすごくオランダの勉強をするのです。実態は、「昼寝かな」どころではない。どんな場に置かれても、広田は吸収してやまない。こんなところからも、広田の力は認められていきます。

オランダ公使の後、昭和五年から広田はソ連大使を二年務め、帰国後一旦《いったん》休職しますが、外務省内での人望は圧倒的になり、外部からも広田待望論が起こってきて、昭和八年、斎藤実《まこと》内閣で外務大臣に推されます。そして、この外相時代の協和外交の実績や、軍部への毅然《きぜん》とした態度が買われて、総理大臣の椅子《いす》が回ってくるのです。昭和十一年、二・二六事件の直後の内閣が広田内閣でした。

広田は、静子夫人が少し体が弱かったこともあって鵠沼《くげぬま》に小さな家を建てましたが、近くに小田急の線路があってうるさいので、ほかのところへ移ろうと土地を探していました。すると、「総理に買ってもらえるなら」と土地を安く提供してくれる人たちが出てくる。広田は調べて、少しでも安いと、すぐに断ってしまう。金銭にきれいなんです。今の政治家は、逆のことをやって土地を買っていますけどね。広田は息子たちに「政治家が土地を買うときは、よほど注意しなくちゃいかん。安かったら絶対に買っちゃいかん」と言っています。

今度は鎌倉の近くにいい土地があったのですが、水道がない。すると、市長が「すぐ水道を引きます」なんて言う。それを聞くと、すぐその土地を断る。結局もうどこへも越さないで、少し増築しただけで、電車の音がうるさい家にずっと住み着いてしまいます。そういう清廉《せいれん》潔白な人でした。

広田が総理の座から去った後、陸軍大将林銑十郎《せんじゅうろう》の内閣を挟み、近衛《このえ》文麿《ふみまろ》が総理大臣になります。彼は若くて心もとないから、広田に助けてくれと、外務大臣就任を要請しました。総理大臣をした人が、今度は外務大臣になった。広田はもう鵠沼に引っ込んでいましたし、体面も考えれば、断ってもおかしくない人事です。しかし広田は受けた。これも広田が望んだり嫌がったりせず、つまり自ら計らわずに、とにかく人のためになろうという姿勢だったからです。

しかし、この二度目の外務大臣をやっている時にシナ事変が起き、南京虐殺《ぎゃくさつ》事件が起こって、やがて東京裁判で責任を問われることになり、A級戦犯となってしまいます。文官が軍人をシビリアンコントロールしているというのが外国の考え方です。軍人ばかりが戦争を起こすわけじゃない、文官にも戦争の責任があるはずだと、彼らは文官の戦争責任者を探していました。けれど、なかなかいないんですね。例えば近衛さんは既に自殺していたりして、結局、死の罠《わな》は広田にまで遡《さかのぼ》ってきた。太平洋戦争開戦前に彼はもう辞任して何もしていないのだけれど、死刑になった。

〈自ら計らわず〉を初心とした広田ですから、東京裁判に出廷した時も、一切自分の弁解はしませんでした。東京裁判中、ただの一回も証人台に立っていない。なぜかというと、証人台に立って発言すれば、みんな、自分の悪いことは言いません。人が言ったことを、「違います。私はそんなことしませんでした」。検事が調書を読み上げても「それは違います。私はそういうことを書きませんでした。言いませんでした」。

被告は、そういった自己弁護をするために証人台に立つ。

けれど、広田は証人台に立たない。自分がしゃべれば、誰かが不利になるから、というわけです。自己弁護をしないで、検事が言うこと、ほかの人たちが言うことを全部承認してしまう。広田がこう命令した、こういう悪いことをしたと検事がいろいろ告発してくる。それに対して、一切反駁《はんばく》しなかった。

私はそんな広田さんの実像を調べて書いたわけですが、数年前、ある新聞が突然、『落日燃ゆ』は間違っていた、と報道しました。アメリカで東京裁判の資料が初めて公開されたので見てみたら、広田はずいぶんしゃべっている、城山は『落日燃ゆ』で広田は一切しゃべっていないと書いているけれど、実際はぜんぜん違う、という記事が出たのです。私はアメリカにいる研究者にそれを伝えて、調べてもらった。

なるほど、広田さんはしゃべっていました。しかし、法廷でしゃべったのではない。自己弁護したのでもない。裁判の前には、まず検事が尋問して検事調書をとりますね。戦争犯罪の容疑で逮捕された人たちも、検事が彼らを罪人に仕立て上げるための調書をとりました。検事の質問に対して、他のみんなは「私はそんなことをしませんでした」と言い逃れをした。あるいは、できるだけしゃべらないようにした。今でも、いろんな事件で捕まっている人たちは黙秘権を使って、できるだけ検事に対してしゃべらないようにしますね。検事にしゃべって調書にとられると裁判で不利になりますから。

ところが、アメリカで公開された検事調書を調べると、二人だけ検事によくしゃべっている人がいた。他の人間が口を開かず、検事を手こずらせたのに、二人だけ異様なほどよくしゃべっている。一人は木戸幸一――昭和十五年から内大臣を務めて天皇の片腕だった人物――、もう一人が広田弘毅《こうき》。ただし、二人のしゃべっている内容はまったく逆でした。

木戸は、「私はそんなことしません。私はそんなこと言いません。私はそこにいません」と、徹底して、「私は無罪だ」とものすごく熱心に訴えている。広田弘毅は、「はい、私はその場にいました」「はい、私はそうしました」「私の責任です」。自分で全《すべ》ての罪をかぶるようなことばかりをしゃべっている。

では、なぜそんなにしゃべったかというと、木戸は内大臣で天皇の横にいつもいた人ですから、自分が裁判で重い罪を受ければ、天皇まで罪が及びかねない。だから、自分は罪を逃れなければいけないと思ったのではないでしょうか。

一方の広田さんは、自分が全ての罪をかぶっていけば、天皇には罪が行かないだろうという判断です。広田さんは裁判の始まる前から、文民政治家としてあらゆる罪を自分でかぶっていけばいい、と覚悟していたんじゃないか。「天皇を裁判に引きずり出せ」と盛んに言われてた時代ですが、よしんば裁判に天皇が出られることになっても、自分が罪をかぶれば天皇はなんとか助かるだろう。

広田さんと天皇とのあいだにはいろんな問題がありました。しかし、広田さんは、今はとにかく天皇が大事だと思う。天皇を残しておかないと、日本は大混乱に陥って、日本人全体が不幸になる、天皇はそっとしておかなくちゃいけない、それが自分の最後の役割だと判断して天皇をかばったのです。広田さんは〈自ら計らわず〉の人でしたが、ここで初めて、〈自ら計った〉のかもしれません。ただし、普通の人とは逆の方向に。自ら、死の罠に進んでいったのです。

だから検事の質問に対して、広田さんはどんどん積極的に「それを承認しました」「その通りです」と言い続けます。そのために広田さんの検事調書が膨大なものになって、いかに広田に戦争責任があるかという材料になりました。実際に裁判に入れば、今度は弁護士がつきますし、証言台に立って「調書は違います。私はそんなこと言いません、していません」と弁明するものです。しかし広田さんは、裁判に入ってからはさっき言いましたように一切証言しませんから、そうなると、検事に言ったことが、全ての罪をかぶったことが、そのまま広田さんの罪状になってしまいます。けれど、広田さんにしてみれば、もうそれでよかったのですね。

ほとんどの人が広田さんは無罪になるだろうと見ていたのに、判決は死刑でした。キーナン首席検事までが、「何という莫迦《ばか》げた判決か」と言っているくらいです。みんな懸命になって偽証もしよう、保身を図ろうという証言台にすら立たないのだから、死刑を覚悟していたとしか思えない。でも、広田さんは自分が死刑になることで天皇をかばおうとした。そうすることで、いわば戦後日本の出発を、一身に引き受けようとしていた。そして、そのことをいちばん深くわかっていたのは広田さんの奥さん、静子さんでした。

静子さんは体が少し弱い方で、あまり表に立たない人ですが、しとやかで優しい人だったそうです。ある夏、お嬢さんがピアノを習っている時、若い女のピアノの先生が一生懸命教えているところへ、後ろから風が来る。振り返って見たら、総理夫人である静子さんが、自分は汗をかきながらうちわで懸命に風を送っていたという、そんな奥さんです。彼女には夫の覚悟というものがわかっていました。あの人は罪を全てかぶって死んでいくつもりだ。

東京裁判の審理が終わって、あとは判決を待つばかりとなった日のことです。鵠沼の家で、「お父さまはずいぶんつらい思いをされたでしょうけど、ともかく今日で裁判が終わったんですから、区切りと思ってお父さまのお好きな五目御飯を炊《た》いて、みんなで食べましょう」と、五目御飯を作って、みんなで食べました。その夜は話が弾んだそうです。そして、あくる朝、静子さんは布団《ふとん》の中で亡《な》くなっていました。青酸カリをのんで自殺されていた。遺書はありません。

巣鴨プリズンにいる広田さんはその報を聞いても、顔色を変えずに、ただ「うん、うん」と言っただけです。夫婦の間では気持ちが通じ合っていたのです。そして、それからあとも広田さんが鵠沼の自宅へ書き送る手紙は、すべて奥さん宛《あて》でした。妻がまだ生きているかのごとく、最期《さいご》まで「シヅコドノ」という宛名の手紙を書き続けました。自殺したことは承知しているけれども、彼女が本当に死ぬのは自分が死ぬ時だ、自分の胸の中に抱いて一緒に死んでいくんだ、ということでしょう。自分の胸の中ではまだ静子、おまえは生きているのだから、おまえに宛てて手紙を書くよ。そんな相思相愛の夫妻でありました。

広田さん及びその家族は実に立派な人たちです。物事というのは、表だけ見てはわからないと、広田さんを取材していきながらつくづく思わされたものです。いろんな面を照らし合わせて判断しなくては、人間の本当の姿ってわかりませんね。これが歴史の評価だ、と思っているものだって、しばしば曖昧《あいまい》なものです。

広田さんについては今なお、ずいぶん誤解があります。彼は、昭和二十三年十二月二十三日、絞首台への十三階段を登っていきました。処刑されたのは七人。まず東条英機《ひでき》たち四人が呼ばれて、「天皇陛下万歳!」「大日本帝国万歳!」をそれぞれ三唱して死んでいきます。そのあと、広田弘毅と二人の軍人——板垣征四郎と木村兵太郎——が続きます。

その時、広田さんはそこにいる教誨師《きょうかいし》——お坊さんですね——に、「さっきの組は何か漫才をやってましたね」と言ったので、教誨師は吃驚《びっくり》しました。広田というのは気持ちが澄み切って落ち着いている人だと思っていたのに、どうしたのだろう。天皇陛下万歳を唱えたのに、「漫才をやりましたね」と訊《き》いてくるなんて、「さすがの広田さんも、やっぱり死ぬ時には少しおかしくなったんじゃないか」と教誨師は思った。

けれど、広田さんは洒落《しゃれ》の好きな男なんです。ずいぶんいろいろ洒落を言っている。そして死刑直前にまで、洒落を言ったんですね。つまり、戦争を起こして、「天皇陛下万歳！　大日本帝国万歳！」と言いつづけて、国民にも言わせつづけて、その結果日本を誤らせ、こんなにメチャクチャにしてしまった。にもかかわらず、今になってもまだ万歳をやっている連中がいる。これはもう、広田さんの目には、漫才なんですね。だから、「さっきの人たちは、死ぬ前になってもまだ漫才やっていましたね」と、はっきり「漫才」と言い残したのです。広田さんの最後の、しかし痛烈な洒落でした。

その証拠に、この後こんなことがありました。教誨師が広田さんたち三人に対して、「じゃあ、あなたたちもどうぞ、天皇陛下万歳をなさってください」と勧めたのです。広田さんがいちばん年長ですから、「広田さん、どうぞ音頭《おんど》をとってください」と言ったら、広田さんは「私はやりません」と拒否した。「私は万歳をしません」と。そして彼だけは万歳をしない。万歳をするなんて、漫才にすぎないとわかっているから、やらないのです。しかし、教誨師はそんなふうには解釈しないで、「広田は混乱している」と受け取った。

広田さんは最後の最後まで平静に、澄み切った気持ちで死んでいった。彼の政治的な役割をめぐる歴史的な評価はまだ固まっていないかもしれない。けれど批判する側の人たちも共通して認めるのは、広田さんが死に近づけば近づくほど立派になっていった、ということです。静かだけれどたいへん大きな魅力を持って、きわめて強烈な生き方、そして死に方をした人ですね。

7　人間への尽きせぬ興味

広田弘毅は、〈自ら計らわず〉を信条にしたくらいですから、地位や名誉を求めてあくせくしないし、利己的なところがなく、金銭にきれいだし、卑《いや》しさがない。淡白度が高いというか、言葉がヘンですけれど、〈高淡白〉の人でした。ついには自分の命を捨てることにさえ恬淡《てんたん》としていられるくらい、きわめて淡白でいられる人。そこが彼の魅力を形作った、最大の要素かもしれません。

日本人には、この高淡白でいられる人というのは、魅力があるのです。中山素平《そへい》さんも、「人を選ぶ時には、なりたくない人を選ぶんだ」と言っていました。「なりたい、なりたい」という人は、リーダーの器ではないのかもしれない。また、周りから見て、リーダーとしての魅力に欠けるのかもしれません。中曽根《なかそね》さん流に言えば、〈ギラギラしない〉人がいいのでしょう。

いつだったか、ソニーの盛田昭夫《もりたあきお》さんと雑談している時に、私が、当時の鈴木善幸総理のどこに魅力があるのかよくわからない、と言ったら、盛田さんも「いや、私もそう思っていたんだ」。ところが、ある日、盛田さんのところへ鈴木総理から電話がかかってきて、「日米首脳会談で私は初めてアメリカへ行くんだけれど、アメリカのことはよくわからんのです。あなたはアメリカに詳しいから、私があちらへ行って注意すべきことを教えて下さい」と訊いてきた。盛田さんは、簡潔に、「アメリカで、大統領なり周りの偉い人なりに質問されたら、とにかくまずイエスかノーかをはっきり言えばいいんです。その後に、理由を短く言う。それからあとは、あなたのいつもの調子で、ムニャムニャ言っていてもいいでしょう」とアドバイスをした。

そのおかげでしょうか、鈴木さんはとにかく首脳会談を乗り切って、帰国しました。盛田さんは総理からの電話を黙っているつもりでしたが、鈴木さんは経団連の大会で自ら、「私がアメリカでうまくやれたのは、行く前に盛田さんから実に的確なアドバイスを貰《もら》ったおかげだ」と明らかにしたのです。まあ、「ムニャムニャ言ってもいい」と言われたとまでは明かさなかったでしょうけれど。さらにその後、盛田さんが別件で鈴木さんに電話したら、夫人が出て、「主人がアメリカへ行く前には本当にいいことを教えていただいてありがとうございました。主人がうまくやってこられたのは盛田さんのおかげだと、喜んで帰ってきました」とお礼を言われた。

みんなから莫迦にされている――まあ、莫迦にはしていないでしょうけれど、「あの人は漁業の学校を出た人で、あまり本を読まない。家には漁業の本しかない」なんて悪口まで書かれる人ですから、アメリカでうまくやって帰ってきたら、普通なら「見ろ、おれも莫迦にしたもんじゃないだろう。立派な総理だろう」と威張りたいところでしょう。まして家で、奥さんの前ぐらいは、「おまえは莫迦にしてたかも」――奥さんが莫迦にしていたかどうか知りませんけど――なんて言いたいだろうに、公《おおやけ》の場でも家でも、「うまくやれたのは盛田さんのおかげだ」と堂々と明かすのです。盛田さんは、「ああいう人なら、また力を貸してあげたいと思った」と言っていました。そういう淡白さは、何気ないようでいて、ふと日本人の心の琴線に触れるのですね。

鈴木さんの後に、中曽根さんが総理になりました。中曽根さんも話していて面白い人で、日本でサミットが開かれることになった時、私が「せっかく日本でやるんだったら、東京なんかじゃなくて、広島でやったらどうですか」と言ったら、「いや、広島は絶対ダメだ。あそこだとみんなカッカして議論にならないから、やるなら北海道がいいね」なんてパッと切り返す。そんな反射神経がある人。

私はゴルフのおかげで、大岡昇平さんや小林秀雄《ひでお》さんなど、いろんな人を知るようになりましたが、ゴルフって性格が出るから興味深いのです。佐藤栄作という人はゴルフの時も、SPをたくさん配置して、その真ん中を衒《てら》いもなく平然と歩いていた。普通の総理は、グリーンにSPは一人しかつけません。大平正芳《まさよし》さんは腰に手拭《てぬぐい》をぶらさげて、飾らない性格そのままのスタイル。政治の姿勢同様、手がたいゴルフでした。コースを回っていて、前の組が遅いと待たされます。私が椅子《いす》に座って待っていると、一緒に回っていた宮沢喜一さんがいない。「あれ？」と探したら、コースの脇《わき》で落ちている松かさを寸暇を惜しむように、懸命にあれこれ打って練習している。この人は絶えず研究する人だなあと思いました。

中曽根さんは松かさは打たなかったけれども、隣にSPを座らせて、しゃべりかけるんです。「このSPをやる前は、君、今までどういう仕事をしてきた？」なんか訊いている。SPが、「自分は白バイに乗ってまして」と答えると、「おお、白バイか。あれは面白いだろうけど、どうだね、白バイに乗ってて何かいいことあったかね」とか「SPになって何か特に苦労することはあるかい。家族は心配してるんじゃないかね」とか、普段着な感じでいろいろ話しているんです。等身大の人間というものに興味を持っているのが伝わってきました。これはやっぱり彼の長所ですね。

ハーフを終わって、クラブハウスで昼食をとっている時に、中曽根さんが「城山さん、最近どういう本が面白かった？」と訊くから、「伊藤桂一《けいいち》さん、騎兵として軍隊に行った作家だけど、彼の戦争小説の『静かなノモンハン』、あれは面白い。それから、大江健三郎《けんざぶろう》の『新しい人よ眼ざめよ』という、障害を持つ長男との生活を描いたものもよかった」と答えると、横のテーブルから紙ナプキンを持ってきて「へえ」なんて言いながらメモしていました。

一週間ぐらいしたらハガキが来て、「『静かなノモンハン』を読んだけど、とてもよかった。いい本を教えてもらった」。総理は本当に読むのかねと思っていたら、ちゃんとそんな返事が来る。ただ大江さんの本の感想はいつまで経《た》っても来ない。政治的にちょっと天敵みたいな間柄だから、敬遠したんですかね。

だけど、中曽根さんは大江さんの本も読むべきでした。人間というものを大事にするというか、自分と合わない人間でも、その人の生き方とか生きている姿勢に興味をおぼえ、理解していく。それは必ず自分の戦力になっていくものです。

盛田昭夫さんも、人間に対する興味が尽きない人です。私が初めてアメリカに行ったのは、昭和三十五年のことでした。盛田さんの最初の渡米はその何年か前でした。トランジスタラジオの特許契約に行ったのです。

彼とは、「どこのホテルに泊まった？」なんて昔話をしました。まだ外貨の持ち出しが三百ドルまでしか許されていなかった時代です。私は一泊五ドルの安ホテルに泊まったのですが、ひどいホテルで、右隣では黒人の夫婦がもう殺し合いかと思うくらいに毎晩、大喧嘩《げんか》していた。左隣では、年寄りが一人で、ずっと喘息《ぜんそく》みたいな咳《せき》をし続けていた。

「城山さん、食事はどうした？」「朝飯はそのホテルでとったけど、あとは外で食べましたよ」。すると盛田さんは「僕は外で食べる金もなかった」。今でいうコンビニへ行って、パンと紙コップのコーヒーを買って朝飯にしていたそうです。

戦後の日本経済の発展というのは、そんな底辺から始まったのです。今、不況で大変だと言っていますけれども、あの頃の日本の経済は本当にどん底でした。戦後まもなくは、一千万人餓死説なんてありまして、そんな状態からは少しだけ立ち直ってきてはいたけれど、なお貧しかった。そんな状態の国からきて、その上、売り込みに行ったけど盛田さんの英語が通じなかった。だから、売り込むこともできない、もうソニーも――まだ東通工時代ですが――ダメだとガックリしたそうです。

私も英語が通じませんでした。外で食事すると言っても、たいしたものが食べられるわけもない。地下鉄の駅の売店で適当にすませようと思って、ホットドッグくれって何回注文しても、黒人の店員が「ん？」って顔をする。もうしょうがない、指でさして「それをくれ」と言ったら、「オー、ハッダッ！」。ホットドッグはカタカナ英語で「ハッダッ」と言ったほうが通じますね。そんなやり取りのおかげで、あれはアメリカで食べたいちばんの味の一つだったと、今も思い出します。

私と似たような感じで、盛田さんの英語も通じなかった。ガックリして、半ば絶望しながらヨーロッパへ渡り、オランダのフィリップスという会社に寄ったら、日本で習ってきたキチッとした英語が通じて、なんとか自信を持ち直した。それが世界のソニーの始まりでした。

そのトランジスタラジオやテープレコーダーを開発していく中で、盛田さんは音の質を気にしました。音について批評してくれる社員がほしい。いろいろ手づるを辿《たど》って探していくと、芸大の学生に、理系に興味を持っている青年がいるという。その学生に会って、「ちょっとアルバイトで、うちの会社で製品を聴いて、音質についてコメントをしてくれないか」と頼んだ。「週に一回でいいから」が、やがて「週二回来ればいいから」になる。だんだん回数が増えていく。その学生にどんどん惚《ほ》れ込んで、ついに「ソニーに入ってくれ」と頼んだけれど、彼は、「いや、自分は声楽をやるんだから、ドイツへ行って勉強してきます」とドイツへ留学してしまった。この学生は大賀《おおが》典雄《のりお》という名前でした。これが大賀さんとソニーの出会いです。

ちょっと余談ですけれど、戦後のあの、ゼロから復興しなければいけないという時代に、企業にとっていちばん大事なものは何だったか。

戦後、三井物産は財閥解体によって二百もの会社に分割されました。しかも、三井という名前は使えない。大企業だったのが、一度は本当に中小企業みたいになってしまった。そこから再び大きくしていったのが、水上達三《みずかみたつぞう》という社長です。

水上さんは「戦後の何もない時に、そんな小さな会社の社長になって、まずは発展よりも充実を考えた」と言っていました。普通だったら、小さな会社だから早く大きくなろう、発展しようと考えるだろうに、まず充実を考えた。充実さえすれば、自然と発展していくだろう、という考え方ですね。

そして、充実するために大事なのは、人材だというのです。人間だ、というのです。学校の成績などではなくて、入社志望者にとにかく会って、これは本物の人間かどうか、人を見るのに時間をかけた。手間隙《てまひま》かけて苦労をして、本当の人材を採ろうとした。それが組織の充実につながる。そして、充実した企業はやはり大きくなっていく。とにかく人間が企業を、組織を、作っていくのですから、発展させるにはいい人間、いい人材を集めて、フルに使うということしかない。それで三井は再生しました。

水上さんには、「ハヤブサの達」というあだ名がありました。ハヤブサは高いところを飛んでいて、餌《えさ》に向かってバーッと急降下していく。あんな按配《あんばい》に、情報を取る人です。彼が八十歳くらいの時ですが、私と一緒にゴルフをして、帰りの車に乗ってしゃべっていると、突然、「あ、ここは百十円か」なんて言う。「何ですか」「いや、ここのガソリンの安売りの値段だ」「へぇ。ここって、ここはどこなんですか」「××町だよ」「どうして知ってるんです」「よく見てりゃ、どこだって書いてあるよ」。つまり、僕とあれこれしゃべっていても、目はハヤブサですから、ちゃんと、あ、この××町ではガソリンをいくらで売ってる、この○○町ではいくらで売ってると、絶えず情報を得ている。どこでどう違うのかを見ているだけでも、物価の勉強になるよ、なんて言う。ハヤブサに年齢は関係ないなあと思わされる一幕でした。

話を大賀さんに戻しましょう。

彼はソニーに就職するのを断って、声楽の勉強を続けるために、ドイツへ行きました。すると、盛田さんは追っかけていくんです。ドイツで大賀さんをつかまえて、「もう一回考え直してくれ。ソニーに入ってくれ。あんたは実業家になる男だ。実業家になるんだよ。あんたは先天的なビジネスマンなんだ」。それでも大賀さんは、「ダメです。僕は実業家なんかなりたくない。ドイツでの勉強は終わったから、今度はアメリカで声楽の学校に行くんです。もう船まで決まってるんですから」。

そう断って、大賀さんがニューヨーク行きの船に乗ったら、船の中に盛田さんがいた。これは逃げられないですね、外は大西洋ですから。ニューヨークへ着くまで五日間さんざん口説かれた。二人とも酒が飲めないから、酔うこともできずに、えんえん口説かれる。それで大賀さんは根負けして、ソニーに入り、「自分が入ったおかげでソニーは得をした」と豪語するくらい活躍し、ソニーを発展させていきます。本当の人材が欲しかったら、そこまでやらなくちゃいけない。

これは別の言い方をすると、盛田さんの、人間に対する興味の深さの顕《あら》われですね。大賀という学生が面白いと思ったら、とことん追いかける。情熱を尽くす。これは根っこに、人間というものへの関心があるんです。小林秀雄さんは、菊池寛の小説について、ヒューマン・インタレストの作品だ、と評しています。人間に関心のある小説、人間の面白さを探る小説ということでしょう。たしかに菊池寛は、ヒューマン・インタレストを持った作家であり出版人でした。盛田さんもやはりヒューマン・インタレストの実業家ですね。それがソニーを作っていった。

私も作家という職業柄、人間に関心があるのです。最近アメリカで会ってきた、興味深い人間の話もしてみましょう。

ブラッドレーというロサンゼルス市長に会いました。アメリカの大都会で初の黒人市長です。

彼は多くの黒人がそうであるように、貧しい小作人の子供でした。両親が離婚する。幼い弟や妹がたくさんいる。彼は長男なので家族を養うために、新聞配達をして、一生懸命子供の時から働いた。

毎日配達しているうちに、体が大きいせいもあるのか、足がどんどん速くなるんです。ハイスクール時代には中距離競走の選手になり、カリフォルニアの大会で優勝したりしたので、奨学金を出す人も現れて、夜間の大学に行けた。そして卒業後、彼が勤めたのは警察でした。警官になった。

私は、『毎日が日曜日』という小説の中で、こんなことを書きました。これからの時代に生きていくには、まず人は蟻《あり》にならなくちゃいけない。つまり、蟻のように孜々《しし》営々《えいえい》と、黙々と、働くことが必要だ。

「あなたは蟻になれるか」。私の小説の中に出てくる会社では、社員を採用する場合に、そういうテストをするのです。その次に、「あなたはトンボになれるか」と訊《き》く。トンボというのは複眼ですね。さまざまな角度から、いろんなものを見ることができるか。蟻のように、ただ仕事の鬼になって、与えられた仕事を夢中になってやるだけではもうダメだ。仕事をすると同時にものすごく勉強して、幅の広い見方ができなくてはいけない。そして、「しかもなお、君は人間でありうるか」。これから先は、会社に勤めていても、人間として豊かでなくてはいけない、人間として魅力的でなくてはいけない、人間として愛されなくてはいけない。

そういうテストをする話を私は小説に書きました。これはまったくの架空《フィクション》ではなくて、実際にそんなテストをやっている会社もあるんです。これからの時代にビジネスマンとして生きるには、「蟻であり、トンボであり、人間である」という三つの条件を揃《そろ》えなくては勤まらない、というふうに変わっていくでしょう。単に仕事の鬼では生きられない。専門的知識だけでは生きられない。

ブラッドレーさんは、まず警官としては、蟻なんです。ものすごく優秀な警官でした。冗談のようですが、彼は足が速いから泥棒をよく捕まえたのです。彼はとくに少年犯担当でしたから、不良少年たちを追っかけて捕まえる。少年犯に限らず、たくさん捕まえています。カリフォルニアでいちばん足が速いんですから、そりゃカリフォルニアの泥棒は逃げきれないわけですね。ほかの州の泥棒はともかく。

私はブラッドレーさんに「この話は本当なの？」と確かめたら、「本当の話ですよ。例えば広場の向こうに泥棒がいる、私がこちらにいる。すると、その広場にいる人がみんな、『ブラッドレーが来た、そら始まるぞ、追っかけて捕まえるぞ』と総立ちになって見るんですよ。だから、とにかく捕まえなくちゃいけないと必死になって追いかけ回して、必ず捕まえたものです。あまりよく捕まえるものだから、私が現れると泥棒は立って待っていました。もう逃げもしませんよ」と笑っていました。「無駄な抵抗はやめろ」って言いますけどね、とにかく逃げたって、あれだけ足の速い大男が追いかけてくるのだから、必ず捕まえられるって泥棒が諦《あきら》めてしまう。冗談半分でしょうが、そんな優秀な警官でした。仕事に対して立派な蟻でした。しかし、それだけでは市長にはなれない。

少年犯を捕まえると、本来の彼の仕事はそこで終わりです。しかし彼は、「おまえ、どうして泥棒なんかするんだ。おまえの家はどこだ。親は何しているんだ」と、家へ行ったり、周辺を聞き込んだりする。「あの子は一体どうしたんだ。誰と付き合っていたんだ。どういう育ち方をしたんだ。親はどうしていたんだ」。また親に会って聞くし、勤め先で聞くし、学校の先生に会って聞く。

これは彼の仕事ではないんですね。彼は警官で、捕まえるのが専門なんですから。しかし、専門外とか仕事外だとか、そういうふうには考えない。その少年がなぜそんなことをしたかと関心を持って、考えて、あちらこちらに聞いて回る。聞いて回って、二度とそういうことが起こらないように、二人とそういう人が出ないように一生懸命努める。どうして、こんな少年犯が生まれたか、いろんな角度から見るトンボをやっている。そしてそれに加えて、実に温かい人間としての心がある。

彼のロサンゼルスの市長室は、毎週火曜日はオープンハウスと称して、誰でも入れるんです。市長室を開けっ放しにしている。一日中、市民に会う。苦情のある人、市政に対して意見のある人、どうぞいらっしゃい、と毎週約三百人の市民に会っている。そこで相手の意見を十分聞き、この人は情緒的に安定しているかどうか、人間として信頼できるかどうかを見極めて、信頼に足る市民の意見はすぐに担当部署に検討させる。ヒステリックに言いつのる人とか、どこか精神的に偏《かたよ》ってる人がいても、そういう人の意見は取り上げないけれど、しかし十分に意見は聞くんだ、とブラッドレーさんは言っていました。「この人はちょっとおかしいから聞く必要ない」とは思わない。十分に聞いてやる。そうすれば、その人はある程度満足して帰ってくれる。それも市長としての務めだと思う、と。話していても魅力のある男で、こういう市長を生むのはアメリカの底力だな、と感じました。

もう一人、面白いアメリカ人がいました。クレイグ・クレイボーンという『ニューヨーク・タイムズ』に書いている、全米一のグルメ評論家。うまいものを食べて商売になるのであれば、こんないいことはないけれど、それが全米一とまで評価されるのはどういうことだろうと興味を持って、会いに行ったのです。

クレイボーンさんはまず、「僕は全米一のグルメ評論家として有名になったけどね、これは大失敗なんだよ」と言いました。そして、ある女性のグルメ評論家の名前を挙げて、「彼女のように生きたかった。彼女は立派だ」。

なぜだろうと思ったら、「彼女は、人に顔を知られないようにしている。顔写真を一切出さない。顔を知られて食べに行ったら、絶対向こうは普段通りにやらない。だから、グルメ評論家は顔を知られてはいけない。僕はこんなふうに有名になると思わなかった、うかつだった」。顔を知られたグルメ評論家が来たら、店側だって、「ああ、うるさいやつが来たから、うまくやっとけ」となる。だから、自分は失敗してしまった。

でも、彼はものすごい努力家でした。自分の家で、外で食べた料理をいろいろ作ってみる。奥さんはいなくて、自分で全部作る。ニューヨーク・タイムズ社の中にもキッチンを作らせて、優秀な料理人を呼んで、二人で同じ物を作る。そして、レストランの料理とどう違うのかを食べ比べる。だから、どこかの店で何か食べてきて、それを「ああ、おいしかった」「イマイチだった」なんて書くんじゃないんです。自分で作ってみて、人にも作らせてみて、突き合わせながら、あの店ではこうだったと分析する。食べる量も三倍になるわけですね。そういう努力をずっとやってきた。

「これまでで最高においしいと思ったものは何ですか?」と尋ねたら、ロシアの鮭《さけ》の料理だと言っていました。その料理の名前は忘れてしまいましたが、続けて言った言葉が印象的でした。「でも、もっとうまいものが本当はある。うちのおふくろが作ったハンバーグだ」。これ、わかりますね。よく〈おふくろの味〉といいますが、女性の方、やっぱりおいしいものを作ってあげて下さい。子供はいつまでも覚えていますからね。クレイボーンさんの言葉は真実だと思います。

彼は、平日はそんな生活を送って、週末はニューヨークから百五十キロ離れた湖のほとりにある小屋で過ごしています。「仕事を引退したら、そこへ引っ込んで、もう誰とも付き合わない。そして、誰かが訪ねてきて小屋を開けたら、『ああ、クレイボーンが死んでいる』という形で発見されるのが、僕の最も幸福な死に方だ」と言っていました。引退したらパッと姿を消して、一人だけで死を迎えたい。これもアメリカ人の強さですね。私が会った時、彼はすでに医者から「これ以上、塩分を摂《と》っちゃダメだ」と警告されていました。でも、仕事上、自分は摂らなくてはいけないからね、と笑っていた。もう死を覚悟しているんでしょうね。プロとして生きるということは、大変なことです。

高たんぱくの話から、塩分の話になりましたが、クレイボーンさんもやはり、魅力ある蟻であり、トンボであり、人間ではないでしょうか。

別れ際《ぎわ》に、やはりこれは訊きたいなあと思って、もう一つ質問しました。「あなたはずっと独身だそうだけど、どうして結婚しないんですか？」。すると彼はニヤッとして、「あなたはどうして結婚したんだ？」。それで笑って別れてきました。

8 強く生きる

人間の魅力というのは、畢竟《ひっきょう》、その人の〈強さ〉のことかもしれません。

ここまで話してきて、私は、〈強く生きる〉とはどういうことか、そこにこだわってきたように思います。

なぜ強く生きるということにこだわるかというと、やはり私自身の戦争体験に関わってきます。私は、「おれは勇敢な兵隊になる、おれは強い」と思って――私だけでなく、志願兵になったり兵学校に行ったりした少年たちはみなそうでした――海軍へ入ったわけですが、戦争が終わってみると、その動機づけがまったくナンセンスなものになってしまった。

戦前、私たちが〈強い〉と思ったあの強さは、つまり大義を盲信し、大号令に従っただけの強さは、本当に強くはなかった。少し時代が過ぎれば、砂で作った城さながら風が吹いただけで崩れ去ってしまうような、実に脆《もろ》いものであったと身にしみて知らされたのです。逆にいうと、大号令に従わない強さ、号令から離れていく強さ、そんな強さこそ本物じゃないだろうか、と考え始めました。そして、人間はどこまで強くなれるだろうか、強い人間はどんなことができるのだろうか、ということに関心が移っていったのです。

もっとも、平和な今の時代に、はたして〈強さ〉なんて必要だろうか、と考えることもあります。けれども、やっぱり人生というのは、晴れた日だけが続くわけではない。雨の日、嵐《あらし》の日は必ず来る。そんな悪天候の日に備えて、〈強く生きる〉とは何かを考えておく必要があると、私自身の脆さを振り返って思うのです。ですから、強い生き方をした人たちから、学ぶべきものは学んでおきたい。いや、力及ばず、学ぶことも真似《まね》することもできなくても、そんな魅力的な人たちが存在すると知るだけでも、私たちの人生は豊かになるのではないでしょうか。

一口に〈強さ〉といっても、さまざまな形があります。例えば私たちの同業者に、今東光《こんとうこう》さんという方がいました。天台宗の僧侶《そうりょ》でもありました。

今さんはあえて憎まれ口をきいて、言いたい放題言う人でしたが、ガンにかかられた。手術をして、ガンを摘出しました。これは今日出海《ひでみ》さんという弟さんが書かれていることですが、東光さんは手術が終わってベッドへ戻った時、看護婦に、「おれの切り取ったガンを持ってこい」と命じた。「持ってきてどうするんですか」「あいつはもう癪《しゃく》に障《さわ》ってしょうがないから、佃煮《つくだに》にして食ってしまう。食いたい。持ってこい」。

ガンを憎むというのはよくわかりますが、自分のガンを「佃煮にして食っちゃえ」というのはいかにも今さんらしい発想です。痛快であるし、たいへん男らしいというか、一つの強さだと思えます。今さんご自身は、直接お会いするときわめてソフトな方で、二面性というか、実にデリケートな面もおありでした。かなり奥の深いキャラクターでしたが、世間のイメージで言えば、豪快で、毒舌家で、となるでしょう。

今日出海さんによると、どんどん具合が悪くなっていっても、とにかくベッドの上で人の悪口ばかり言っていた。「あの野郎はけしからん」「あの莫迦《ばか》はどうしようもない」なんてひどい悪口ばかり言うものだから、奥さんが見かねて、「あなた、もうそんな、人の悪口を言うのをおやめなさい。ちょっと黙っていたらどうですか」と諫《いさ》めたら、「ああ、そうか」と黙った。そして黙って五分後に亡《な》くなったんだそうです。何か筋を通したというか、死の寸前まで、言いたい放題を続けたのは彼の強さだし、闘病を支えていたエネルギーの源のような気がします。

やはり同じ作家仲間で私が強いと感嘆したのは、亡くなられた野上弥生子《やえこ》さんです。

先年、野上さんの百歳を祝う会を仲間内でやりました。野上さんは謙虚な方で、「そういうことはいやだし、白寿だろうが黒寿だろうが、私にはどうでもよいことなの」と仰《おっしゃ》っていましたが、ごく親しいものだけで小規模でやりましょう、百歳でなおかつ現役の作家として連載小説を書いているなんて、世界史にない稀有《けう》の例ですから、われわれもあやかりたいんだからとお願いして、こぢんまりした会を開いたのです。

私は作品に感銘を受けてきましたけれど、野上さんとは直接お目にかかったことはありませんでした。にもかかわらず、その会に行ってみたんです。こう言っては悪いのですが、百歳の人というのを見る機会はあまりないんですね。見に行きたいなと思ったって、「百歳の人、見せてください」と言うわけにはいかない。百歳になると人間はどうなるのだろうかという興味があったものですから、そういう会なら大っぴらに見られるわけで、私は出かけていきました。

野上さんは、何人かの女性に囲まれて会場に来られたのですが、手も引かれず、杖《つえ》もつかず、背筋をのばして、むしろ先頭を切るようにして歩いてこられた。囲んでいる女性たちはいったい野上さんにとって何にあたるのか、すぐには見当がつかない。お子さんかお孫さんか、もっと下まで行く可能性もありますからね。そういう肉親の人たちに囲まれて、明るい顔をして入ってこられて、パーティの間、ほとんど立って話を聞き、ご自分も挨拶《あいさつ》をなさった。

その挨拶は美しい日本語で、ちょっと私なんかでは正確には伝えられません。「麗日という言葉がまさに当てはまるような今日、こうして皆様にお目にかかれて」というようなことから始まり、野上さんは夏目漱石《そうせき》の弟子ですが、漱石の弟子として思いがけず小説の世界に入ってここまでやって来られたのは幸せであった、とぼとぼ歩いてきてここまで歳《とし》をとっただけでおはずかしい限りだ、今やっている連載でやめようと思っていたけれども、こうやって励ましてくださるなら、また次の連載に挑もうと思いますと、短いけれども実にいい挨拶をされたのです。

その会場で私は、野上さんと親しい編集者たちといろいろ話をしたのですが、彼らが言うには、野上さんを担当すると大変なんだ、と。作家が大変だというと、原稿が遅いとか、あそこのコーヒーを持ってこないと書かないとか、朝まで酒につき合わされるとか、いろんな大変さがありますが、どういう意味で大変なのかを訊《き》くと、野上さんの家に伺うたびに、その折々の政治問題、社会問題についてよく勉強されていて、「あれについて、あなたはどういう意見か」と聞かれるのだそうです。いい加減な返事をすると、どんどん突っ込んでくる。だから野上さんを担当する場合は、常日頃からきちんと勉強しておいて、何を聞かれても答えられるようにしていなくちゃいけない。「この勉強が大変でした」。

つまり、百歳の人が、過去の話は一つもしないで、今の時代の問題について飽くなき好奇心を持ち続け、考え続け、蓄積して、家に来る人間にぶつけていく。これは野上さんの若さと呼んでもいいし、老いてなお強く生きていたと言ってもいいでしょう。亡くなる前まですこぶるお元気で、大岡昇平さんによると、大岡さんが訪ねていったりすると、二階の仕事部屋からトントントンという調子で下りてきて、文学や政治の話を立ち話でして、という具合だったそうです。

そんな野上さんの素晴らしい老年の姿を拝見し、また仄聞《そくぶん》しますと、強さにもいろいろあるとさっき申し上げましたが、つまり非常に騒がしい強さ、ギラギラするような強さがある一方で、実に静かな、いぶし銀のような強さがあるなあと思わされます。もちろん、私が惹《ひ》かれるのは後者のほうです。

こういうふうに〈強い、弱い〉という話をしていて、一番わかりやすいのは勝負における強さでしょう。野球選手の強さとか相撲の横綱の強さとか、目で見ればすぐわかりますからね。私が最近会って、「なるほど、この人は強い人だなあ」と感じた、勝負の世界で生きる人がいます。将棋の名人の中原誠という人。「百年に一人の名人」だと評されるぐらい強い。

中原さんは将棋の大きなタイトルをいくつも独占していた時期が長くあって、その後、それを片っ端から失っていって、無冠の時期を経験し、そこからよみがえって、また名人に復帰しました。勝負の世界の名人って、わりにクセのある、ギラギラした人が多いんです。作家の世界もそうですが、周りに迷惑をかけて生きる人もいて、それがまた一つのトレードマークになっているような人も結構いる。それが中原さんと会ったら、物静かで、どこかの会社の育ちのいいサラリーマンかなという印象なんです。そんなに強いのが信じられないぐらい、おだやかなキャラクター。

彼と話して、〈強さ〉というのは育てられるものなのか、と考えさせられました。

この人は東北の生まれで、満州からの引揚者の息子です。お父さんは教員で、あの戦争中の大号令に従って満州へ行ったのです。私と同じ年代の少年たちが〈満州を開拓する〉という号令の下、「満蒙《まんもう》開拓青少年義勇軍」として満州や蒙古の僻地《へきち》へ行って、農業をし、ある程度の軍事訓練も受ける制度がありました。大量の少年たちが満州へ送られましたが、彼らを教育する教師も必要だと、中原名人のお父さんはその教師を志願して満州へ渡られた。戦争が終わって引き揚げる時、彼らは満州の奥の方にいましたから苛酷《かこく》な目にあって、帰れずに死んでしまう子どもたちも多かったのです。中原さんのお父さんは何とか無事に帰ることができました。

師範学校を出ていますから戦後の日本でも教員になれたのですが、お父さんは「もう自分は、教育をする資格がない」と言ったそうです。「間違った号令をかけて、多くの教え子を失ってしまった。自分は戦犯である」と、教壇に戻れという勧めをすべて断った。私は、中原名人が強くなったのは、この父親の存在が大きかったと思っています。

お父さんは、引揚者用の物資の配給があっても、一切受けない。「引揚者も苦労したけれど、内地におられた方も苦労されたでしょう。引揚者だけがとくに苦労したわけではないから、受けられません」と断る。それはもう、のどから手が出るほど、配給のさまざまな物資は欲しかったと思いますが、決して受けない。お母さんも欲しかったでしょうに、お母さんも受けない。お母さんは行商をして子供たちを育てました。

中原少年は、そんな生活の中、将棋盤も駒《こま》もなくて、ボール紙を切って将棋を指していました。四歳の時に、お兄さんたちのやっている将棋を見て、パッと覚えちゃったそうです。そして、覚えたての四歳児がお兄さんたちを負かしてしまう。天才的な門前の小僧といいますかね、これにお父さんは吃驚《びっくり》して、「この子にずっと将棋をやらせてみよう」と思い立った。

お父さんは中原少年に、「おまえは絶対、待ったをするな」と命じました。素人《しろうと》が指していると、「あ、ちょっとこれ、やり直させてくれ」なんてやりますね、あの〈待った〉をするな。「おまえを強くさせたい。だから、おまえは絶対やってはいけない」。ただし、相手は待ったをしてもいい。なぜなら、「相手は待ったをすることによって、おまえを強くしてくれる先生だと思え」。こういう点が実に面白く、単なる教育パパではないなと思えますね。

そして、将棋をやる時には、必ず「こんにちは」と言い、「お願いします」と言い、終わったら「ありがとうございます」と言う、そういう礼儀を厳しく、しつけた。

そんな家庭で中原さんは育ったのですが、十歳の時に上京して、芹沢博文《せりざわひろぶみ》という棋士に付いて本格的に将棋を習い始めます。子供が棋士のところへ入門すると、将棋が強くなればいいのだからと中学で学校はやめて、あとは将棋一筋になるものです。でも、中原さんのお父さんは、「高校へ行け」と勧めた。将棋の世界だけでやっていくと人間として閉鎖的になってしまう、と案じたのです。同時に、健康を心配した。将棋を指すのは家の中ばかりだから、屋外に出るチャンスが少なくなるだろう。そしてもう一点、ある程度強くなると、まだ少年でもいろんなところへ教えに行きますからお金が入る。学校に行かなければ暇もあるだろうから、変なお金の使い方を覚えるんじゃないか。これは親バカではなく、筋の通った親心だと思います。

もしこのお父さんが悪い意味での教育パパであれば、とにかく将棋だけを強くしようとしたでしょう。将棋だけが強い子供にひたすら育てれば、父親としては投資の回収が早いわけです。お金だけじゃなくて、〈自分が見込んだんだ〉という思いとか体面とかも含めた投資が回収できる。ですが、子供の人生を思ってやれば、今この時期に将棋だけを強くするよりも、体も強くしておいてやりたいし、変な金の使い方を覚えさせてはならないし、それから、もっと広い世界があることも知っておいたほうがいい、という真っ当な親心ですね。

つまり、悪い意味での教育パパというのは、子供のことを思っているみたいですけれども、お金にせよ体面にせよ、実は自らのためを計っているわけです。でも、中原さんのお父さんは、広田弘毅《こうき》じゃないけれど、自らのために計らわず、子供のためだけを考えた。子供の人生を長い目で考えると、駆け足で将棋が強くなるよりも、長い人生があるんだから、知るべきことは知っておいた方がいい、感じるべきことは感じておいた方がいい、という考え方です。だから中原さんは高校に行った。やっぱり高校に行ったら将棋が弱くなったんです。同世代の少年たちは将棋だけに打ち込んでいるわけですからね。追い抜かれて、伸び悩む時期があったのですが、しかし棋士というのは長い人生の勝負ですから、やがて立ち直って今日のように強くなった。

中原さんは、さきほど触れましたように、たくさんのタイトルを獲得しながら、それをすべて失う長いスランプがあって、最近カムバックしたのです。そのカムバックする大事な名人戦で――あれは先に四勝すればいいのですが、中原さんは立て続けに三連勝した。さあこれで返り咲きと思ったところが、四戦目、五戦目とズルズルと連敗してしまう。その時、この強い人は一体何を考えたか。

名人戦は各地の温泉地、名勝地を転々として行われます。その旅の間、我田引水みたいになって恐縮ですけれども、私の『男子の本懐』という浜口雄幸《おさち》のことを書いた小説を持って歩いていたのだそうです。私と会うとわかっていたからではありません。『男子の本懐』って、まあ自分の小説ですけれども、かたい本で、気軽に読みやすい本ではないんです。彼はそれを持って勝負先に出かけ、連敗した時も、そんな本を読みながら気を養っていた。

彼はわりに読書家なんです。ほかにも、伊藤肇《はじめ》の『左遷《させん》の哲学』という本にも助けられたと言っていました。伊藤さんは、財界について詳しい評論家で、同時に東洋哲学にも明るい。『左遷の哲学』や彼が書いた『十八史略』の解説書をファンの人が中原さんに送ってくれていたのだそうです。神仏に頼ったり、坐禅《ざぜん》をしたり、いろんなことで気分の転換をはかる人がいますが、彼は本の世界に入って、そこから彼を支えてくれるものを汲《く》み取《と》っていく。これはやはり、お父さんが見通したように、早くから将棋一筋になるのじゃなくて、少しでも広い教養を積んで視野を広げていったことが実っているのでしょう。

　名人戦は、きわめて緊迫した状況の中で指し合います。対局は長い時間かかりますから、トイレへ立ったり、少し座を外すこともできる。中原さんはメモを持って対局に臨み、そのメモをトイレへ立ったり、あるいは廊下に行った折々に見て、自分を励ますのです。よほど何かいい言葉が書いてあるのかと思ったら、そうではなかった。

　一局終えたあと、旅館の部屋へ戻って反省をする。そして、自分の気づいたことを書いておく。ところが次の対局になって、いざ指し合っていると、反省点などすべて忘れてしまう。だから何気ないふりをしてスッと立って、トイレへ行くふりをして、あるいは廊下で伸びをしているふりをして、メモを見る。それでまた気を取り直して、ふたたび対局の席に戻る。名人がそんな一種、子供じみたことをする。

　メモには、実に平凡なことが書いてあるんです。「意表をつかれたらまず落ち着け」「相手のペースに巻き込まれるな。自分の将棋を指せ」なんて。こんなことは、まったくわかり切ったことです。そんなわかり切ったことを、あれだけの名人が将棋を指している時には忘れてしまっている。逆に言えば、メモを読むことによって、彼はまた力を取り戻す。

だから、人間というのはある意味、実に弱いものですね。百戦錬磨の名人が何でもない紙切れ一枚に慰めなり支えなりを求めなくてはならない。私は、これは何とも人間的なエピソードだと思って、心打たれたのです。やっぱり人間は、いろんな工夫をして、弱い自分を支えていかなくちゃいけない。

中原さんからは、ほかにも面白い話を聞きました。

将棋を指していて、「ああ、これは負けそうだ」とわかってくる。何手も先が読めるわけですから、「今日はダメだ」とわかる。そういう時は、どうするか？　負けそうな時でも、最後の最後まで相手の嫌がる手を指すというのです。同じ負けでも、相手の嫌がる手で粘っていくと、相手にショックを与えますね。いくら勝っても最後まで苦しめられるわけですから。ただでは負けない、最後まで相手を苦しませるように戦うんだ、と言っていました。

中原誠という人も、まだ若いですけれども、やはり静かな強さを持っている人だという印象を私は受けました。

評論家の山崎正和《まさかず》さんに『柔らかい個人主義の誕生』という本があります。所属している会社や組織の中で生きる時間よりも、個人で生きる時間がずいぶん長くなったと山崎さんは指摘しています。寿命が延びて、人生自体が長くなった。それから、休日が増え、余暇の時間が増大した。家庭も核家族化しており、公《おおやけ》の面では国家の役割、国民全体の目標がどんどん小さくなってきている。家を継がなくてはいけないとか、みんな一丸となって戦争に勝とうとか、経済大国になろうとか、そんな時代は去った。これは、号令をかける者が少なくなった、ということでもあります。生きる目標は国家や社会や会社や家が与えてくれるものではなくて、良くも悪くも、一人ひとりの個人が生きがいや楽しみを見つけていかざるを得ない時代になってきた。個々人が、激動する時代の中で長い人生を乗りきるために、柔軟に生きていかなくてはいけない。

これは別の言葉でいえば、自分を支えてくれるものは自分しかいない、ということですね。自分でしっかり危機管理をしなくてはいけない。ちょうど中原さんが名人戦を孤独に戦い、自分の書いたメモに救いを求めたように。

この傾向は今後ますます強くなってくるでしょうね。自分自身が強くなくては生きていけなくなる。とくに、さっきから申し上げているような、内心に秘めた、静かな強さが必要になってくるのではないでしょうか。

静かな強さの対極にある、激しい強さの例もあげましょう。

先ほど、私の小説のテーマは〈組織と個人〉という視点から始まったと言いましたが、もう少し具体的な言葉に置き換えると、〈いったい、個とは無力なものなのか〉ということでした。組織——国家でも会社でも軍隊でもいいですが——から離れて、あるいは組織に背いて、個は一体どこまで強く生きられるものか。私は戦後ずっと、そんなことを考えてきました。

時代の号令を信じて、志願して軍隊に入り、そこでどんなことを経験し、戦後どんな目に遭ったか、いわば自分自身をモデルにして書いた『大義の末』という私小説的な長編のあとに、初めての客観的な長編として『辛酸』という小説を書いたのです。『辛酸』というタイトルは「辛酸入佳境　楽亦在其中」、辛酸佳境に入る、その中に在るもまた楽しからずや、と読むのでしょうか、田中正造《たなかしょうぞう》が作った漢詩から取りました。この小説は、足尾鉱毒事件で農民の味方になり、権力と激しく戦い続けた田中正造が主人公です。

田中を描いた小説はほかにもありますが、私は最晩年の彼の姿と、彼の死後にその運動はどうなったか——その二点に焦点を当てて書きました。田中正造という男の、全体に背き、たった一人でも行く個の強さに魅《ひ》かれたのはもちろんですが、その強力な個性が引っ張っていった人たちが、田中亡《な》き後どう生きたか、田中の強さはどこまで受け継がれたか、ということに興味があったのです。

足尾鉱毒事件というのは、今から考えるともうメチャクチャなことをやっているわけです。足尾銅山が渡良瀬《わたらせ》川に鉱毒を流して、下流の村が被害を受けると、政府と県が結託して強制立《た》ち退《の》きをさせたり、反対派住民を弾圧したり、言論統制したりという、現代では考えられないぐらいの権力の悪が振るわれました。

それに対して田中正造は、それまで六回も代議士に当選して次は衆議院議長だといわれていたのに、そのポストを投げ捨てて、反対運動に身を投じていく。その手の住民運動で活動して、名を売って、代議士になるって人は多いです。でも彼は、運動をするために、全《すべ》てを捨て、全てを忘れて、被害民と一緒になって動く。東京の代議士生活と二股《ふたまた》かけてなんてことではダメだ、被害地に住み込み、被害民と寝食を共にし、生死を共にすべきだと考えたのです。そのために代議士を辞めて、谷中《やなか》村という村に住み込んでしまう。そういう、純粋で一途《いちず》な人でした。

彼は政界の大物でしたから、そんな人間が地元に住んで、運動のリーダーになってくれるというのは、農民たちにとっては大きな喜びで、彼についていきます。しかも田中正造は、本当に〈私心〉がない。私心のない強さで、突き進んでいく。

農民たちは鉱毒のせいで苦しみ、悲惨な思いをしながら、どんどん死んでいきます。そんな村中を田中はぼろぼろの菅笠《すげがさ》をかぶり、首にずだ袋を下げ、足袋《たび》はだしという乞食《こじき》同然の格好で歩きまわり、死の床についている農民の手を握って、「よしよし、この正造がいつかきっと敵討ちをしてやるからのう」と言ってやる。あるいは、かつては政友であった大隈重信《おおくましげのぶ》の家へ、谷中村の鉱毒水をバケツにくんで持っていって、大隈が愛している植木の根元にぶちまけて、「おまえが毒がないというなら、問題ないだろう」なんて啖呵《たんか》をきる。大臣のところに乗り込んで、「毒水を飲め」とコップを差し出す。あるいは、県の役人たちに「国賊だ」「うじ虫だ」と怒鳴りつけ、机を叩《たた》いてやり合う。この前まで有力な代議士だった男が壮烈な闘いをくり広げていく。

田中の運動の結果、ある程度、鉱山側の譲歩がありましたが、鉱毒の被害地の中心であり、反対運動の急先鋒《きゅうせんぽう》であった谷中村は狙《ねら》い撃ちされ、貯水池として埋められることになります。どんどん水で沈められていく村の中で、彼は十数戸の家族と共に立てこもるのです。

田中正造は歌が好きで、よく和歌を作っています。彼の残した和歌を見ると、上《かみ》の五七五が同じ歌がずいぶんあります。それは、「大雨に打たれたたかれ行く牛を」という五七五。一つだけ紹介しますと、「大雨に打たれたたかれ行く牛を　見よそのわだち跡かたもなし」。明らかに、自分の姿を詠《よ》んでいますね。大雨に打たれ叩かれて必死に悪路を行く牛は田中自身です。これは、せっかく苦労して進んで行っても、結局は跡形もなくなってしまう、という歌ですね。自分はそういう人生を生きていく、それでも生きていくんだ、行けるところまで行くんだ。この打たれ強さ。

田中の臨終の時、たくさんの人が東京からも駆けつけ、彼は見守られながら死んでいきますが、枕《まくら》もとの人にしぼり出すように、目をつり上げて、「大勢が正造に同情して来てくれているようだが、正造の事業に同情して来ているものは一人もいない」と言いました。つまり、みんなは死んでいく田中個人に同情して来てくれている、そんなことはちっともうれしくない。それよりも自分のやってきた事業、この運動、それに同情してくれ。自分を愛するなんてつまらない、こういう鉱毒反対運動こそを愛してくれ、ということです。最後まで一寸も私心がなかった。そして、それが彼の遺言になりました。享年《きょうねん》七十三。

彼の残した遺品は、反対運動に打ち込み、谷中村を乞食のようにさすらい歩いていたわけですから、ほとんど何もない。汚れたずだ袋が一つきりでした。その中に鼻紙とボロボロになった新約聖書と、いくつかの小石が入っていた。彼の残したものはそれだけです。彼はクリスチャンではありませんが、聖書を熱心に読んでいました。それが彼の支えになっていた。そして、被害地を歩いていて気に入った石を拾う。それが彼の慰めでした。これが、次は衆議院議長かといわれた、政界の頂点に登り詰めようとしていた人の晩年です。田中正造個人の激しい強さが、日本でかつてなかったほどの公害反対運動を作り上げた。

彼はそんな戦闘的、攻撃的な強い男でしたが、自分についてくる農民たちが役人と向かい合う時は、注意を与えています。「おまえたちは、役人に向かい合う時、懐手《ふところで》をしてはいけない。懐手は大無礼なり。丁寧に恐れ入って、言葉少なく、落ち着いて、要所要所の説明は一人ずつにすべし」と注意している。役人が来たからといって、「けしからん、けしからん」とワーッと言っちゃいけない。落ち着いて説明しなさいと諭している。

こういうところ、やはり運動のリーダーとしてのクールさというか、大きな器を持っていました。憎い役人相手だろうが、みんなでワーッと怒鳴るんじゃなくて、紳士的に、静かに、そして礼儀正しく応対しろ。「生意気は呆《あき》れる。利口ぶると損のみ。法螺《ほら》はなおさら損なり」とも言っています。運動のリーダーとして、農民の生涯のことまで思ってやっているのです。感情に任せてワッと生意気なことを言う、あるいは利口ぶったことを言う。その時は勝つかもしれないけれども、長い人生を生きていく間に、役人に対してそんな口をきいたことがいつか裏目になって、不幸な人生が開けていくかもしれない。言うべきことは言わなくてはならないけれど、それはきちんと礼儀正しく、静かに言えば、役人だって悪い感情を残さない。問題が片付けば、しこりを残さないですむだろう。

こういう正造を目《ま》の当《あ》たりにして、敵対するはずの役人たちも少し変わってくるのです。例えば、ある請願書を役場に届けなくちゃいけないのに、正造がうっかり忘れていたことがあります。その日の夜十二時までに届けなくてはいけないのを、その直前になって気づいて、あわてて請願書を作って役場へ駆けつけるんですが、もう間に合わない。

ところが役場へ駆け込んでみると、まだ役人が残っている。役場の時計は、もう十二時を過ぎているはずなのに、まだ十一時五十五分を指している。そして役人は請願書を受け付けてくれる。その間ずっと、時計は止まったままです。役人が同情して、十二時になる前に時計を止めて、正造たちの来るのを待っていたのですね。役人は何も説明しないままでした。

役人も人間ですから、農民たちの悲惨さを見たら本当は同情したいわけです。同情したいけれども、ガンガン言われたらやっぱりガンガン言い返すことになる。でも、正造が農民たちを律していたせいもあって、役人が役人の立場を離れて、時計を止める。

あるいは、絶えず弾圧してくる警察署長がいる。彼は職務柄、正造をじっくり見ているわけです。そして正造の秘書のような青年――島田という若者ですが、誰も周りにいない時、島田青年に向かって、「おまえ、田中先生の言われたことをよく覚えておけ。田中先生の書かれたものを、葉書一枚でも大事に取っておけ。あの人はたいへん偉い人だ」と言うのです。絶えず弾圧している、彼らをいじめ抜いている警察署長がそんなことをふと洩《も》らす。やがて、この署長は「自分には、とても弾圧を続けられない」と辞任しました。これも正造の人格が与えた影響ですね。

では、正造が最晩年から没後にかけて、どうなっていったか。東京の支援者たちは、どんどん手を引いていきました。もちろん彼らにも言い分があります。その一人はこう言っています。「人間の同情には、限度というものがある。われわれはもうずいぶん同情してきた。それにもかかわらず田中さんは暴走した。突っ走ってしまった」。ここらで手を打て、と何回も中央の支援者たちは言っていた。でも田中は突き進んだ。「もう同情の限度を超えてしまった。だから、自分たちは支援できない」。そうして、弁護士も辞めてしまう。

弁護士に辞められると、法廷闘争もやっているわけですから、たちまち困ります。

そこで、島田青年たちがいろんな手づるを求めて、やっと中村秋三郎という若い弁護士が引き受けてくれることになった。

ところが中村弁護士は、「自分は田中先生にはついていけない。自分は田中先生を尊敬していたけれども、あの人は政治と法律とを混同している」と言うのです。つまり法廷で裁判官に向かって「国賊め！」と言っても、これはどうしようもない。中村弁護士に言わせると、それは政治の問題だ、と。「自分は田中先生のそういう点はついていけない。法律はあくまでも冷静に、法律の争いとしてやっていくべきだ。それができるなら自分は引き受ける」。

島田青年たちは、この正造批判に首をかしげます。あんな弁護士に任せて大丈夫かなと不安に思うのですが、ほかにやってくれる人もありませんので、中村弁護士にお願いするしかない。彼らはお金がないので、無報酬でやってもらうよりしようがないんで、ほかに頼めない。

ところが、この中村という人物はたいへん優れた弁護士で、大会社の顧問弁護士の口などもあったのですが、それを「自分はこの事件にすべてを捧《ささ》げる」と全て断って、無報酬で被害民たちの弁護にあたっていきます。

この人はクリスチャンでした。役人たちが村を視察に来ます。で、料亭とか旅館で接待して、お酒を出してご馳走《ちそう》する。中村弁護士は接待する側ですが、「自分はクリスチャンですからお酒を飲めません」と断って、一生懸命に役人を接待して帰す。そして、夜遅くなると、島田青年を起こすのです。「すまんけど、おれは酒が飲みたい。冷や酒でいいから一本持ってきてくれ」と頼む。

これも人間の弱さといえば弱さです。クリスチャンだから飲んじゃいけない。「なぜ先生は、さっきお飲みになりませんでしたか」「いや、仕事が絡《から》む時に飲んではいけないんだ。とくにおれは飲んじゃいかんのだよ」。彼なりに、クリスチャンだから飲んじゃいけない、仕事が絡んだら飲んじゃいけない、と自分を律している。でも、人間なんですね。お酒が好きで、やはり飲みたい。我慢していたけれど、夜中にどうしても辛抱しきれなくなって、「冷やでいいから」と頼んじゃう。これを聞いて、農民たちは笑って、「何だ、あの人は偽善者じゃないか。クリスチャンなら飲まないのが当り前だし、好きなら好きで、どうして宴会の時に飲まないんだ」と、この弁護士にまた批判的になります。

けれど、そんな周囲の目を気にしないで、中村弁護士は一身を捧げるようにして彼らの弁護を続けていく。そうすると収入が断たれますから、彼の家はどんどん貧しくなっていきます。訪ねて行くたびに家は荒れ、あの時代のことですから、栄養も十分とれなくなって、可愛《かわい》がっていたお嬢さんも奥さんも、次々と結核にかかっていきます。治療するにも治療費もない。そして奥さんと二人のお子さんは死んでしまいます。にもかかわらず、彼は最後まで弁護をし続ける。実に感動的な人ですね。この人自身は何も書いていませんし、何も語っていません。取材を進めていって、初めて彼の強さが浮かび上がってきて、私は非常に心打たれました。

こういう強さは、どこから出てくるのでしょう。先日、『ラ・マンチャの男』という芝居を観《み》に行きました。ドン・キホーテの物語です。ドン・キホーテは、みんなから、狂人だ、変人だ、と莫迦《ばか》にされている。そこで、ドン・キホーテが言い返すのです。「たしかに自分は狂っているかもしれない。だけど、自分はあるべき姿を求めているんだ。あるべき姿を求めない人間もまた、狂っているのではないか」。この台詞《せりふ》は胸に残りました。

人間が生きていくというのは、どこかで、〈あるべき姿を求める〉ことではないでしょうか。それこそ最も人間らしいふるまいなんだ、とドン・キホーテは宣言するのです。田中正造も中村弁護士も、人間のあるべき姿を追い求めた人ですね。これまで挙げてきた人たちもみんな、そうだと言っていいでしょう。正造や中村弁護士のように公的な性格を帯びてくると、正義感、使命感とも呼べますが、そんな正義感というほどでなくても、私たち一人一人がそれぞれの柔らかい個人主義の中で、人間のあるべき姿を求めて生きているのだと思います。

9　人間を支える三本の柱

人間のあるべき姿を追い求めるほど、強くいられるのか。さっきから人間は弱いものだと言っているじゃないか、支えてくれるものは何なのだ、と言われそうです。アメリカの精神心理学の中に、こんな考え方があります。私はこれをニューヨークに住んでいる日本人の精神科医、石塚幸雄さんから聞きました。

人間を支える柱は三つある。その三本の柱が、しっかり立っていなければならない。いまニューヨークにいる日本企業の駐在員たち、あるいはその奥さんたちが精神的に参ってしまうケースが目立って増えています。子供を二人抱えて、巻き添えにして、バルコニーから飛び降りて死んでしまった駐在員の奥さんがいたり、ずいぶん悲惨な事件が駐在員たちの中で起こっている。

そんな日米ビジネスマンたち及び家族の精神的破滅を見てきた石塚医師が、悲劇を起こさないようにするためには、三つの柱が必要だと言うのです。すなわち、〈セルフ self〉と〈インティマシー intimacy〉と〈アチーブメント achievement〉という三つの柱が人間には必要なのだ、と。

セルフというのは、〈自分だけの世界〉ということです。本を読むことも、音楽を聴くことも、絵を見たり描いたりすること、あるいは書を見たり書いたりすること、坐《ざ》禅《ぜん》することなんかもそうですね。そういう個人だけで完結する世界、思索でも信仰でも趣味でもいい、個だけの世界の重要性。

インティマシーというのは、親近性という意味ですね。親しい人たちとの関係、例えば妻、子、親しい友人、古い友人、親近者たち、地域の仲間たち、人間はそういう人たちによって支えられている。

それからアチーブメント。つまり、達成ってことです。目標を立てる、と言ってもいい。会社の仕事でこんなことをやりたい。あるいは趣味の世界でもいいですよ、碁や将棋で何段になりたい。ゴルフであればハンディキャップいくつになりたい。そういう目標や段階を作って挑んでいく。これもやっぱり人間の支え、生きがいになります。

この三つが人間を支える大きな柱だと石塚さんは言っていました。

学説によると、民族や人種によっても差があるのだそうです。セルフの世界が非常に強いのはイギリス人です。例えばバードウォッチング、鳥を見る。シップウォッチング、通っていく船をぼんやり一日中見る。誰とも関係ない、自分だけの世界です。それをきちんと持つ。これはイギリス人がうまい。

インティマシーの世界が強いのは、アメリカ人。アメリカ人は家族関係や、愛の問題について真剣です。真剣というか、いちばん大切にします。これは同時に、弱みにもなるのですね。アメリカ人のストレスの原因のいちばん大きなものは配偶者の死です。二番目が離婚。アメリカ人のストレス要因を並べると、死別とか離婚とか不和とか、そういうインティマシーに関わる問題が、ずらっと上位に並ぶのです。会社のリストラ、失職などは、十番目ぐらいにやっと現れる。

そして、アチーブメントが強いのは、日本人ですね。仕事の達成を重視する。趣味であろうと、目標や段階を設定して進んでいくのがうまい。

まあ何が強くてもいいのですが、ほかの二つも強くなくてはいけない。一本の柱だけに頼ってると、弱いし、脆《もろ》いですよね。一本だけの柱が折れてしまうと二度と立ち上がれなくなる。だから日本人も、残り二本の柱、セルフとインティマシーを太くしていかないといけない。

セルフの世界、これは文字通り、自分だけの世界ですから、自分で道を開いていかなくちゃならない。みんなと同じようにやっていてもしかたがない。

いちばん手軽に、自分だけの世界に浸れるのは、お酒を飲むことでしょう。みんなと一緒にワーワー飲むのではなくて、〈浅酌低唱〉という言葉がありますが、ひっそりカウンターか何かで、軽く飲みながら低く口ずさむ。そんな個の世界だっていい。カラオケでジャンジャンやるのとは違いますよ。

私もお酒は、それほど好きではありませんが、非常にいいものだと思います。酒飲んで、わいわい議論して、天下国家のことでパアパア言われたりして、頭が痛くなると、私は自分の好きな言葉を言うんです。〈一期《いちご》の盛衰、一杯の酒〉という言葉。何だかんだ、すごいことを言っても、つまり〈一期の盛衰〉を語っても、それと〈一杯の酒〉は同じウエートだよ、と。世の中がどう、人生がどう、と大言壮語したところで、天秤《てんびん》にかけると、一杯の酒にすぎないぜ。そう言うと、相手はしらけて、それ以後妙に黙ってしまいます。でも、〈一期の盛衰、一杯の酒〉と呟《つぶや》いて、ひとりで杯を傾けるのも、セルフの世界ですね。もう世の中がどうあろうと、この一杯の美酒しかない。もとは中国の言葉です。彼らは酒について、いろんなことを言っています。

例えば、こんな言葉もある。〈硯田《けんでん》悪歳無く、酒国長寿有り〉。硯田、硯《すずり》の田というのは、読書の世界とか、物を書いたりする世界、知的な活動の世界のことです。本を読み、物を考え、物を書く、そういうことさえしていれば、人生に悪い年というのはない。つまり、本さえあれば、人間は幸せさ、と。そして後半は解説不要ですね、酒の国には長寿がある。

酒とは関係ありませんが、〈壺中天《こちゅうのてん》〉という言葉もある。小さな壺の中に宇宙全《すべ》てが入っている、という考え方。いろんな捉《とら》え方ができますが、ちっぽけな個人の中にも大きな世界があると捉えてもいいですね。セルフの世界は実に広大なのです。だから、絶えず耕して、それを強く豊かにしていけばいい。それが自身を支えてくれる。

室町時代の夢窓国師という僧は、足利尊氏《あしかがたかうじ》を高く評価して、彼は非常に強い人だと言っています。例えば、「酣宴乱酔《かんえんらんすい》の余と雖《いへど》も一座の工夫なさざれば眠らず」と書いている。酣宴乱酔――宴をやって酔っ払った。そんな後でも尊氏は〈一座の工夫〉をしなければ眠りにつかなかった。坐禅をして心を鎮《しず》める、あるいは本を読む、そういうことを一座の工夫と呼びます。つまり、必ずセルフの世界を持ってからでないと尊氏は寝なかった。

ほかの武将たちは、それは豪傑ばかりだろうけれども、戦争に勝って飲んでワーッと騒いで、それでころんと寝てしまう。しかし、尊氏は宴のあとでも必ず一人になって、禅を組む、あるいは本を読むか物を書くかする。そこに尊氏の強さがあるんだ、と夢窓国師は書いている。尊氏は、セルフの世界をきちんと持った。伊達《だて》政宗《まさむね》や毛利《もうり》元就《もとなり》もそうでしたね。今日の話に出た人は、渋沢栄一も広田弘毅《こうき》も、みんなそうです。自分自身を耕していた。野上弥生子《やえこ》さんを支えていたのも、百歳まで枯れることのなかった、豊かなセルフの世界だったでしょう。

そして、インティマシーの世界。別に説明するまでもありませんね。妻や子や親しい友が、自分を大事に支えてくれる。ただ、日本の社会で特徴的なのは、疑似インティマシーというか、そんな人間関係もあるのです。外国に比べて夫婦間の親近性が弱いかわりに、会社なり組織なりにおける人間関係が、過度に濃密なのです。会社だけで終わらないで一緒に飲んだり、一緒に遊んだり、あるいは面倒を見合ったり、まるで親類のように、古くからの親しい友人のように、長い時間をつき合います。会社を辞めたあとでもつき合う。これはもう、一種のインティマシーの世界です。

その裏返しとして、日本人はとかく組織内人事に対して異常に神経質になっています。きわめて敏感になっている。まあ、人事について敏感になるなと言っても無理かもしれませんが、もう少し、ほかの柱を太らせることができないか。インティマシーの中でも、本来のインティマシーの世界を膨らませる。家族を大切にし、よき友人を持つ。キングスレイ・ウォードも息子に「友情は手入れしよう」とアドバイスしていますが、古い友だちもきちんと大事にする。そうすれば、疑似の部分は小さくなってくる。あるいはセルフの世界を充実させていく。趣味だっていい、本を読み、絵や芝居や映画を観るのだっていい、一人静かに酒を飲むのだっていい。自分だけの、無所属の時間を持つ。そうやっていけば、人事のことに過度に敏感にならずに済むのではないかと思います。

三本の柱をバランスよく太く、充実させておけば、万が一、一本の柱が揺れ動いたりした時でも、あと二本が支えてくれる。

わが身を振り返ってもこれは、言うは易《やす》し、行うは難し、かもしれませんが……。

10　男子の本懐

いろんな角度から、魅力とは何か、強さとは何かを考えてきましたが、最後に、浜口雄幸《おさち》についてお話ししたいと思います。大いなる魅力を持って、そして限りなく強く生きた人物です。

私も子供の頃から、父親などから「ライオン宰相」というあだ名は聞かされていました。「ライオンのように強い、猛々《たけだけ》しい浜口さん」というわけです。写真をご覧になればわかりますが、本当に、ライオンも吃驚《びっくり》するぐらい怖い顔をしている。土佐出身の人ですが、高知の新聞を調べたら、こんなゴシップ記事が載っていました。ある時高知で宴会をやっていたら、すぐ近くに大きな雷が落ちて、お酌をしていた芸者がキャーッと目の前に座っていた浜口さんに思わず抱きついた。抱きついたあとで、自分が抱きついた人の顔を見てもう一度キャーッと言って気を失った、と。

これは面白半分に書いているんでしょうけれども、それぐらい怖い、ライオンのような顔をした浜口さんは、普段から、「男は笑うな」と言っていました。最近はテレビを見ていても男たちがとてもよく笑っていますが、男は決して笑うな、と浜口さんは言っていた。だから笑顔の写真なんかありません。ついでに奥さんにも、「おまえも笑うな」と命じたそうで、だから奥さんの写真も、まあ、きつい顔というか、笑っちゃいけないという顔で残っています。

そんな写真を見て、しかも雄幸なんて字を見ますと、いかにも強そうな人だと思いますが、そもそもご両親は男の子ばかり生まれたので次は絶対に女の子が欲しいと、その祈りを込めて、女の子の名前しか考えていなかったのです。生まれてくる娘に「おさち」という名前を付けようと決めていたところへ、また男の子が生まれてきたので、やむなく「おさち」を当て字で、雄幸とした。だから浜口雄幸は幼い頃は女の子のように育てられて、とても気の弱い子でした。それが、どんどん自分を改造して強くなっていった。

なぜ私が『男子の本懐』で、浜口と井上準之助《じゅんのすけ》という二人の男を対比して書いたかと言いますと、この二人の性格がかなり違うのですね。その二人が協力しあって金解禁をやり遂げ、その挙句、共に凶弾に斃《たお》れてしまう。これは私の小説の書き方かもしれません。『雄気堂々』で渋沢栄一と喜作を書き、『落日燃ゆ』で広田弘毅《こうき》と吉田茂を書いたように、性格の違う二人を描くことで、事柄や人物や時代そのものが見えやすくなるような気がするのです。

浜口さんを支えていたのは、〈情熱プラス努力〉だという感じがします。情熱の人、理想主義の人、そして大変な努力の人です。浜口さんの書き残した色紙を見ますと、「奮励努力」とか「克己精励」とか、教育勅語なんかに出てきそうな言葉ばかりです。とにかく努力しろ、と。いくつか見た色紙の中で、心に残ったのは、「清風万里」。これは教育勅語的でない言葉で、かつ、いかにも浜口さんを髣髴《ほうふつ》とさせるいい言葉です。浜口さんは大蔵省の役人から政治家になった人ですが、井上準之助は日銀に入って、大蔵大臣になった。彼の場合は、大雑把にいうと、〈平静さプラス合理性〉という人です。モダンな人で、浜口さんとかなり性格が違います。二人とも強い人ですが、その強さの秘密が対照的なのです。

井上さんの残した色紙を見ますと、教育勅語的な平凡な言葉は一つもない。例えば、「遠図」と書く。つまり、遠い意図というか、おれには遠い目的があるんだ、遠い理想があるんだ。「臨危守節」とも書いています。危うきに臨んで、節を守る。ある目的のために行動したのだから、それが危険になった時でも節を守るんだ。それから、「柔則存　剛則折」。柔らかなものは長らえる、硬いものは折れる。おそらく原典があるんでしょうけれど、あまり聞かないような言葉を書いています。「不欣世語　楽在正論」。世語、世間の批評、世間の噂《うわさ》、世間のざわめき、そういうものを喜ばない。世間が褒めてくれたからといって喜ばない。楽しみは正論にある。あるいは、「深思高飛」。いい言葉ですね。深く思い、高く飛ぶ。「静養晩成」、静かに晩成を養う。浜口とずいぶん違うでしょう？

二人の違いはいろいろあります。浜口雄幸は、女の子みたいに育てられましたから、おしゃべりになっていそうなものですが、たいへんな無口なんです。とにかくしゃべらない。

『男子の本懐』にも書いたエピソードですが、生家と養家との間の十三里の道を、浜口は馬の背にゆられて行きました。三高に通っていた頃、彼が帰省した時の話です。「雄幸はものを言わん男だから、馬を曳《ひ》く下男もできるだけ無口なやつをつけてやったほうがいいだろう」と、近郊近在探していちばん無口な男をつけてやった。ところが、その下男が吃驚して帰ってきたのです。「私もものを言わないほうだが、若旦那《だんな》は全然ものを言わない」。丸一日、十三里の道中で、たった二言言った。昼になって、「飯にするか」。飯が終わって、「さあ、出かけよう」。その二言だけだったと下男が吃驚したぐらい、浜口は無口な男だった。

それに対して、井上準之助はものすごくよくしゃべる。いつも一言多い男といわれたんです。とにかく自己主張の強い、はっきりものを言うタイプでした。

このまったく性格が違う二人が組み合わさって、昭和の初期の浜口内閣を作り、日本の近代史では例のないぐらい進歩的な政治をやりとげた。行財政の改革もありますし、思いきった軍縮もやりました。日本で最初の労働組合法や小作法、婦人公民権法にも取り組みました。私は共産党のリーダーで、のちに転向した人に聞きましたが、当時共産党が困ったというのです。「あの頃は、浜口内閣が次から次へやるから、これじゃ共産党のやることがないよと思った。それぐらい浜口内閣は進歩的だったよ」と。そういう内閣を、この二人が組んで動かしていく。

浜口と井上の二人は、それまで何の関係もありません。片方は大蔵官僚、片方は日銀。そして、また違うのは、浜口さんは大蔵省へ入って、とたんに上役と大喧嘩《げんか》した。彼は会計課にいたのですが、大臣の予算を少し減らそうということになった。そしたら大臣の秘書官に呼び出され、その秘書官と「大臣だからと規則を曲げるのはおかしい」とやり合っているうちに、一説によると秘書官を殴り倒した。大蔵大臣の秘書官というのは自分の上役も上役ですから、そのため彼は左遷《させん》に次ぐ左遷で、全然東京に住めない。松江へ行ったり、山形へ行ったり、熊本へ行ったりしていた。

井上準之助は、日銀で栄転に次ぐ栄転なんです。主要な支店を歩き、主要なポストを得て、三十八歳で日本銀行営業局長になる。つまり、次は重役しかないというポストまで上り詰めた。

こういうふうにまったく生き方が違う男たちですが、浜口さんが内閣を組織した時、あえてこの井上準之助を招くわけです。浜口内閣は財政の整理が焦眉《しょうび》の仕事でしたから、浜口さんはとにかく井上でないと大蔵大臣はできないと目をつけた。この人事が漏れると必ずや大反対されるので、最後まで伏せて、「蔵相はおれが兼任する」とまで言ってカモフラージュしていた。

というのは、浜口内閣は民政党ですから、当然、民政党員の中から大蔵大臣を選ぶべきという考え方があった。実際に民政党には大蔵大臣経験者が何人もいる。その中から大蔵大臣を選べばいいじゃないか。それから、民政党と仲の悪い、貴族院出身を選んではいけない。そして、官僚出身者も選ぶな。浜口には、党から、そんな注文が突きつけられていました。井上準之助はこの条件が全てダメなのです。彼は民政党員ではない。貴族院議員で、官僚というか日銀出身。にもかかわらず、浜口は党内の反対を潰《つぶ》して、あえて井上を大蔵大臣という内閣の要《かなめ》に引っ張ってきた。

井上さんも驚きます。「私は条件にまるで当てはまりません。党内にも立派な方がおられるでしょう。なぜ私を呼ぶんですか」と訊《き》いたら、浜口さんは「この内閣の最大の使命は財政整理だ。それには財政の専門家が要る、それも尋常ならざる専門家が要る」と答えたのです。「並みの専門家ではダメだ。それはあなたしかいない」。しかも、この財政整理をやれば、当然恨みを買う。例えば、公務員の一割減俸ということをやるのだから、はなはだ恨みを買うだろう。軍縮をやれば、間違いなく、右翼の反発を買うだろう。「今度の内閣の大蔵大臣になるのはたいへんなことだ。自分はデフレ政策をやるが、このデフレ政策を推進して命が助かった者はいない。自分は死んでもいい。死を覚悟してやらざるを得ない。自分と一緒に死んでくれないか」と口説くのです。これは政治家としてきわめて重い覚悟でした。

井上は、最初は断っていましたが、浜口に「自分は死ぬ覚悟でやる。あんたも自分と一緒に死んでほしい」とまで言われ、「そこまで自分を見込んでもらえるなら、私も命を投げ出しましょう」。ここで、初めて二人が結ばれるのです。二人はそれまで軌跡が食い違って、遠目にお互いの人間や業績を評価しながらも、何のつき合いもなかった。そんな二人が盟友になっていく。

私は『男子の本懐』に取りかかった時、この二人の男をどういうふうに描いていけばいいのか、悩んでいました。二人のあいだに交遊や接点がまるでないのです。双方の遺族に聞きましても、浜口さんの遺族は「井上さん一家とは全然つき合いがありません」。井上さんの方に聞いても、「つき合いはないんです」。一体あの二人はどんな間柄だったかというと、公務だけのつき合いでした。お互いの家族も知らない。この二人を主人公に、小説は成り立つものなのか。

さて、困ったなと思っていたら、あとから電話がかかってきました。浜口さんのご家族はお嬢さんが一人だけ生きておられる。大橋富士子さんという末娘の方ですが、彼女から電話がかかってきて、「あなたにあまり聞かれたから、あとで思い出しました。浜口が亡《な》くなった時に大勢の方が弔問に駆けつけてくださいましたが、その中で井上さんが、玄関を開けるやいなや、大声をあげて泣いて入ってこられた。私たちは吃驚しました。井上さんと浜口とは何の個人的なつき合いもありません。それがまるで肉親を亡くしたように、あの井上さんが」——あの井上さんがというのは、あの平静で合理的でクールに思われていた井上さんが、ということです——「号泣された。ああ、井上さんと父とのあいだにはずいぶん深い心のつき合いがあったんだなあと、その時初めてわかりました」と言われた。

私はこれを聞いて、本当に助かったのです。私はそれまでにも、「これは国のためにやり遂げなければならない」という使命感だけで結ばれた男同士のつき合いの深さ、強さはあると思っていましたけれども、その考えを裏付けられる気がしたのです。

浜口さんは、さっき言いましたように理想主義者で、使命感の強い人です。浜口さんは死ぬ前、右翼に撃たれてからの療養期間中に『随感録』という一冊の本を書き残しています。そこに書かれてある、政治に対する考え方は非常に純粋です。「およそ政治ほど真剣なものはない。命がけでやるべきものである」とか、「政治は国民道徳の最高標準たるべし」などと、主張している。つまり、われわれは政治家というのをつい莫迦《ばか》にしますが、政治家はそういうものではいけない。「もっともっと多数の国民のためになる方法はないかと、右からも左からも上からも下からも考え抜くことだ」といったことも書いています。実に純粋に理想主義的に政治を思いつめ、死の間《ま》際《ぎわ》まで政治に懸けていたのが伝わってきます。

しかし浜口は、本来は政治家向きではありませんでした。とにかく無口ですから、黙っていたら政治はできない。ですが、いろんな人から声をかけられたのです。官僚として各地を転々とさせられましたが、そんな逆境の時こそ、人間の真価がわかるのですね。浜口は東京を素通りしてあちこち地方に飛ばされたのだけれども、例えばイギリスから『タイムズ』をずっと取り続けていた。当時、世界の情報の中心はイギリスですから、その新聞だけは取り続ける。志を高くというか、目はつねに高くして、

「もう自分は東京へ帰れない」といって諦《あきら》めるわけじゃなくて、時代の流れの先端とか大局をつかむ努力は忘れなかった。

そんな浜口さんの姿を見て、大蔵省の同期の人たちが省内である程度力を持つようになってくると、「あいつは力があるのにかわいそうだ」と、みんなで骨折って、浜口さんを東京へ呼び戻した。

浜口さんには趣味がありまして、俳句を作るんです。東京へ呼び戻された時、うれしくて、俳句に気持ちを託して友達に書き送っているのですが、その句が、「秋晴れや眼下に神田日本橋」。これはひどい句です。はとバスのガイドさんの挨拶《あいさつ》のような、何も内容がない句。でも、彼は一途《いちず》にうれしいのです。左遷され、飛ばされに飛ばされて、東京をいつも素通りしてきた。それが東京へ帰れた、目の前に、秋空の下に、神田があり、日本橋がある、おお、おれはやっと東京へ帰れたぞという気持ちが出ている。きわめて素直な人なんです。

ですが、大蔵省本省に戻った浜口さんは、イヤな仕事をやらされました。塩業の整理を担当することになったのです。それまで塩は民間で作っていたのを、政府の歳入を増やすために官業にして、民間でやらせないようにする。こういうのは、役人としてもイヤな仕事です。ただ、役所の仕事は辛抱していれば二年ぐらいで次に代わりますから、二年間何もやらないでいれば自分の手でイヤな仕事をせずにすむ。でも、浜口さんは、割り当てられた仕事はやり抜こうとします。二年経《た》って次の昇進のポストを与えられますが、断るんですね。「自分は塩業についてやりかけている。これはたいへんやりにくい仕事だ。これをやり遂げるまで代わるわけにはいかない」。イヤな仕事ですから当然代わりたいのが普通ですが、彼は代わりたくないと言って、ずっとやっていく。浜口がその仕事が好きだったかというと、むろん全く好きじゃない。家族にはふっと漏らすんです。「ゆうべもまた、夢で塩を見てうなされたな」なんて。けれども、仕事だからやり遂げる。

この塩業の件で、彼は国会に呼び出されますが、きわめて明快な答弁をしました。純粋に没頭して取り組んでいるからハッキリ、「これはこうです。政府の考え方はこうです」と、一局長がまるで政府を代表するような答弁をした。それで、野党や周りの人たちのあいだで大いに評価が高まったのです。ああいう男を政治家にしなくちゃいけない、という声が上がり始める。

ただ、浜口は雄弁なんてとても振るえない。当時は雄弁の時代です。名演説をすることによって、政治家になっていく。演説嫌いの浜口はそこで、人の演説を聴いて歩いたのです。それから海へ行って演説の稽古《けいこ》をする。当時の日本にもいわばスピーチライターはいたのですが、演説の草案はいちいち自分で作る。さらに、演説会場に行ったら、会った人の顔を覚えるようにする。演説の約束をしたら、必ず行く。台風で道が閉ざされた時がありましたが、浜口はどうしても行くと言って、車を捨てて、歩いて夜中の二時に会場へたどり着いた。夜八時から始まる演説会に、どんなに遅くなっても、約束したんだからと行くんです。誠実なんですね。また、実に丁寧に質疑応答もします。一人の人に対して四十分もかかって答えたこともありました。そんな彼の姿勢がだんだん評価されていって、ついには総理にまでなる。

それに対して、井上準之助の方は、とんとん拍子に出世コースを進んで行きますが、次は日銀の理事だといわれていた時に、やり手の井上は、事なかれ主義の総裁に睨《にら》まれて、ニューヨークへ飛ばされてしまった。当時のニューヨークの日銀出張所には部下が二人しかいない。まったく仕事がないのです。完全な左遷でした。

ニューヨークで、井上準之助はスランプに陥ります。私はたまたま、この時期の井上が書いた手紙を見ることができました。彼は家族に対して情愛が深くて、膨大な数の手紙を残しています。とくに奥さん宛《あ》ての手紙を見ていきますと、千代子というのですが、最初の頃は「千代子殿」で始まっている。昔ふうの、堅苦しい手紙ですね。それがだんだん「千代子さん」に変わっていきます。もうそう堅苦しく言っておられない。左遷の地でどんどん寂しくなってきて、肩を突っ張っていられないわけです。最後には、とうとう「お千代さん」と呼びかけています。お千代さん、お千代さん、自分は今こういう状態だ、神経衰弱の一歩手前だ、なんて実に率直に書いている。

そんなどんどん底に落ちていった井上を、何が支えてくれたか。彼は、仕事がほとんどありませんけれども、毎日必ず英語の勉強をしたのです。ニューヨークの大学の助教授に来てもらって、英語の個人レッスンを受けた。彼は以前にロンドン駐在を経験していますから英語はできます。だから、英語の勉強と言いながらも、実際はアメリカ人の若い助教授と話をしながら、生きたアメリカの勉強をしていたわけです。そして彼はそういう勉強の中から、リンカーンとかワシントンとか政治家たちに強い興味を持ちはじめ、彼らのことを調べ、彼らの事蹟《じせき》を訪ね歩くようになりました。

そこから井上準之助《じゅんのすけ》は目が覚めるように変貌《へんぼう》していきます。彼はステイツマン――大きな意味での政治家ですね。ポリティシャンというのも政治家ですが、そうじゃなくて、もっと大きく国全体のことを考えるような政治家、理想を持った政治家になっていく。ですから、彼は左遷を彼にとっての大事な栄養にしていった、と言っていい。

井上はたいへん近代的な人で、自分なりの価値観や、合理性を身につけていました。セルフの世界をきちんと持って、充実させてもいました。彼の別荘は御殿場にあったのですが、そこに行ったら、もう一切、新聞記者と会わない。今だって遠いのに、昭和のはじめに東京からわざわざ草深い御殿場まで記者が訪ねてきても、絶対に会わない。「ここは自分のプライベートな世界だから」とガンとして撥《は》ねつけるんです。

また、家族を大切にするインティマシーの世界も深く持っていました。

彼は大蔵大臣になってから、家族にあることを命じています。郷里へ帰るな、というのです。彼は大分出身ですけれども、郷里へ帰れば、大臣の家族はみんなにちやほやされる。「大臣になったのはおれだけの問題だ。おまえたちまでちやほやされては困る」と、彼は家族を伴って帰郷することを最後までしなかった。だから子供たちは、いまだに井上の生家すら知らない。お子さんたちが私に、「どんな家でしたか？」と訊いてくるくらいです。それぐらい、井上は公私をはっきり分けた。

これは逆にいえば、プライベートな世界を非常に大切にしたのです。家族は親密で、郷里へ帰さない代わりに、みんなで一緒に御殿場へ行ったり、よく家族旅行にも行った。ただ、九州まで一緒に旅行しているのに、大分へは行かない。ここから先はおれだけの世界だという、けじめがある。

食事も努めて家で食べました。ちょっと変な好みで、味噌汁《みそしる》にトマトを入れるのが好きでした。どんな味かわかりませんね。そして、家庭麻雀《マージャン》もよくやった。麻雀が日本へ入ってきた初期ですから、英語で麻雀をやっていたそうです。これも、どうやってやったかよくわかりませんが、井上はそういうインティマシーな世界も大事にしていました。

では、浜口雄幸《おさち》はどんな生活をしていたか。彼は「無趣味だ」と言っていましたけれども、先に挙げたように俳句を作ります。それから、前の総理大臣である田中義一から「週末は必ず静養しなさい」とアドバイスされて、鎌倉に別荘を借りています。毎週ではありませんでしたが、月に何回かは鎌倉へ行って一人で瞑想《めいそう》していました。彼は、「黙坐《もくざ》瞑想」と呼んでいますが、黙って座って考えているのが好き。黙坐したり、俳句を作ったり、当時としては珍しく、セルフの世界を持った総理大臣でした。

しかし、鎌倉へ行くのにずいぶん警備がものものしいというので、彼は「警備はもう一切やるな」と命じます。これは緊縮財政の一環でもありました。浜口は総理の機密費、つまり自分が自由に使えるお金も大幅に減らし、警備費も大きく削ったのです。総理の警備をやるなと言ったって、やらざるを得ない。「じゃあ最小限にしろ」と警備体制を一変させて、本当に最少人数で警備をするようになった。これが裏目になって、昭和五年十一月十四日、広田弘毅《こうき》や御木本幸吉《みきもとこうきち》もいた東京駅の四番ホームで、浜口は撃たれてしまいます。

撃たれたあとの浜口の句はいいのです。浜口は秋に撃たれて、銃弾が体内に入ったままだったために三回も大手術をして、衰弱を重ねながら翌年の夏ついに死にますが、まだ自分はふんばらないといけないと、例えば「なすことの未だ終らず春を待つ」と詠《よ》む。しかし、「紅葉より桜に続くあらしかな」「この春はたゞ鐘の音を聞くばかり」。春になってもまだ衰弱が続くわけですからね。あるいは、「痩《や》せ馬に山又山や春がすみ」。たいへん大きな体でしたけれども、どんどん痩せて、しかもやるべき目標は遠くに霞《かす》んでいる。少し体がよくなった時には、「二年《ふたとせ》の病も癒《い》えて今日の月」。でも、これは一時的な小康にすぎませんでした。そして、「蜩《ひぐらし》の姿は見えず夕栄《ば》えす」というのが最後の句になります。

数年前、浜口さんの五十回忌が東京でありました。ごく内輪の者だけでやるという話だったのですが、お嬢さんの富士子さんから「政治家の方から出席の希望が多いのだけれど、どうしたらいいか」と連絡がきました。政治家たちにしてみれば、「いま早急に行政改革をやらなくちゃいけないが、その大先達は浜口雄幸だ、浜口さんにあやかりたい」ということでしょう。遺族とすれば、政治家を呼ぶと内輪の会ではなくなってしまうし、しかし出席希望があまりに多いので無下にも断りにくい。そこで総理の経験者だけではどうかという話にもなったのですが、総理経験者でもずいぶんいかがわしい人もいるわけで、これは浜口さんが喜ばれないかもしれない。結局、じゃあ、現職の総理と大蔵大臣だけに来ていただきましょうとなりました。

当日、鈴木善幸総理と渡辺美智雄《わたなべみちお》蔵相が来られるはずだったのですが、鈴木さんは急に外国からお客さんが来られたというので、代わりに奥様がいらして挨拶をされた。「主人は力不足ではありますけれども、一生懸命、浜口さんに見習ってやっていこうと思って頑張っております。私も主人も」――自分の本で恐縮ですが――「『男子の本懐』を繰り返し、繰り返し、読んでおります。浜口さんに続こうと努力しておりますので、どうぞ草葉の陰から、力のない主人をお守りください」と、ご主人がするよりいいんじゃないかと出席者が口々に言うぐらい、いい挨拶をなさった。

そのあと私が、浜口さんに代わってと言うと変ですけど、浜口さんの言葉を紹介しました。先に挙げた『随感録』には「何か一つ大きな仕事をしでかしてみようといふ公人の参考」に書かれた章があります。人間が大きな事を成そうと思ったら、どうしたらよいか。それには、まず四囲の状況を観察して、足元と背後をしっかり固める。その上で、やり始めたら、「信念が兎《うさぎ》の毛ほども動いてはならない」。そして、「問題は最後の五分間だ。うんと踏ん張るべし」。最後の詰めを誤ると全部ダメになるのだから、しんどくても最後の最後まで踏ん張れ。しかし何より肝心なのは、「終始一貫、純一無雑にして、一点の私心を交へないことである」。雑念があってはならない。大きな事を成すためには、これをやってお金を儲《もう》けようとか、名誉を得ようとか、体裁をよくしようとか、そういう私心を持っちゃいけない。これだけはやらなければいけないのだ、という思いだけでやれ。

こんな言葉を私がご紹介して、最後に、富士子さんが遺族を代表してマイクに向かい、「お礼の言葉に代えて、父の最期《さいご》の様子をお話しします」と言われた。

「父は十一月に撃たれて、衰弱していったわけですが、秋から国会がずっと続いていましたので、野党から『総理が撃たれたのは気の毒だけれども、総理が国会に出られないようでは困る。総理が国会に来られない以上、政権を野党に渡せ』と要求がありました。これは当然の要求です。その頃ちょうど、父の病状が少しよくなってきていたので、『今国会の会期中には必ず浜口は登壇する』と民政党は答えました。ところが、また父の容態は悪化してしまい、会期末の時には絶対安静で、とても起きられる状態ではありませんでした」。

その時、富士子さんは浜口さんに呼ばれて枕元《まくらもと》へ行くんですね。富士子さんが顔を覗《のぞ》き込むと、男は決して笑うな、感情を外に出すなと言っていた父親が、目にいっぱいの涙をためていた。

「父は私の手をしっかり握って、『富士子、おまえに最後の頼みがある。自分は国会に出る。会期中に国会に出るという総理の約束は、国民に対する約束である。出ると言って出ないのでは、国民をあざむく。国民に対する約束を総理たる者が破ったら、国民は一体何を信用して生きていけばいいのか。だから、自分は言い訳などしないで、死んでもいいから国会に出て、国民に対する約束を果たす。だから、おまえは、お母さんやお医者さんを口説いてくれ』と、あの剛毅《ごうき》な父が目にいっぱい涙を浮かべて頼んできたのです」

一度決めた信念は、兎の毛ほども動きませんから、富士子さんもあきらめて、

「それで私は懸命にお母さんを口説き、お医者さまを口説いて、父を国会に送ることにしました。お医者さまは『命は保障できません』と仰《おつしや》いましたが、父は『命にかかわるなら、約束を破ってもいいというのか。自分は責任を全うしたいのだ、それで安心立命を得ようとしているのだ、それを邪魔しないでくれ』と言うだけでした。けれど、父は病み衰えて、靴を履くと、もう歩けないのです。靴が重くて、倒れてしまうのです。靴なしで国会へ行くわけにまいりません。それで、私と母とで布を靴の形に切って墨を塗って、足につけたのです」

浜口はやっと国会に立ちますが、靴を履いているように見えても、靴じゃないんで

す。黒い布を足に巻きつけて国会に立ち、およそ日本の国会史上ない悲壮さで、総理として国民に対する約束を守り通した。そして、浜口さんは亡《な》くなりました。

「そういう父の姿を見ていると、本当の政治家というものは、いかに大変なものかということがよくわかったのです」と富士子さんは結んで、頭を下げました。

会場は静まり返り、すすり泣く人もいました。私も立ち尽くしていました。

ここでいまの政治家は、と言っても仕方ないのですが、浜口さんをはじめ強く生きたリーダーの姿、大きく生きた人間の魅力は、やはり人を惹《ひ》きつけてやまないものがあります。あとは、そこから私たちが何を受け止められるか、ではないでしょうか。

ご参考に少しでもなればと思ってお話を申し上げました。

解説

佐々木常夫

城山三郎の「少しだけ、無理をして生きる」を読んで改めて自分の人格形成の上で城山三郎の本がどれだけ大きな影響を与えていたかに気が付いた。なぜ彼の本に惹《ひ》かれたのかがよく理解できた。この本の「はじめに」に東京駅での浜口雄幸《おさち》のピストル襲撃事件とそれを目撃していた御木本幸吉《みきもとこうきち》と広田弘毅《こうき》が彼らなりの人物像で描かれていて興味深いが、著者は真のリーダーとはいかなる人物か、どのようにしてリーダーは育つか、人として大切なことは何かなどをさまざまな人物やエピソードでひも解いて見せている。

登場する人物にはその魅力にひきつけられさらに深くその人を知りたいという気持ちになる。この本の中では、やはり「雄気堂々」の渋沢栄一、「落日燃ゆ」の広田弘毅、そして「男子の本懐」の浜口雄幸の話が圧巻である。

渋沢栄一については「2　人は、その性格に合った事件にしか出会わない」に登場してくるが彼は持ち前の好奇心で逆境に置かれても逆境を意識する暇《いとま》がないほど取りつかれたように勉強し提案する。

全身が受信機の塊のようなもので、このことが何でもない農村の一少年を日本最大の経済人にした大きな要因である。

自藩の代官所を襲う計画がばれて、郷里から追われ逃げ込んだ京都の一橋《ひとつばし》家に拾われそこで勉強し何度も提案した建白書が主君の慶喜《よしのぶ》に認められる。

その後、強烈な生き方を積み重ねどのような困難なときでも初心を失わず、ぶれない性格が形成されていく。

パリの万国博覧会に15代将軍となった慶喜の弟清水昭武《あきたけ》が派遣されるが尊王攘夷《そんのうじょうい》の水戸藩と幕府の外国奉行の混成チームをまとめられるのは渋沢だろうということでフランスに行くことになる。異常な好奇心を持つ彼はパリの下水道の中を歩き回り、アパートの賃貸契約のやり方などを学びヨーロッパの文化と知識を吸収していく。

城山が「吸収魔」と呼ぶほどの受信能力を持つところが彼の強みであり、自分の目の前に座った人にすべてを傾けて応対する。このことにより、帰国してから活躍する場を与えられることになる。

広田弘毅については「6　自ら計らわず」に出てくる。福岡県の貧しい石屋の息子に生まれた広田は先生の勧めもありその書道の才能と学力で本来なら行けないはずの中学に、そして高校、東大に進むことになる。

当時の能吏を尊重する幣原《しではら》外交の外務省では傍流となり、オランダに左遷《させん》されるなど決して平坦《へいたん》な人生ではなかったが自ら有利に計ることをせず、その圧倒的な人望故《ゆえ》に、そのあと外務大臣になり総理大臣になっていく。同期の吉田茂が何かに付け「自ら計らう人」だったエピソードとの対比もあり「自ら計らわない人」である広田のほうが先に偉くなっていくのは面白い。

彼の「ともかく世のため人のためになろう」という高い志は周りの人々の尊敬を勝ちとっていく。

戦後、東京裁判で責任を問われA級戦犯になってしまう。しかし彼は証言台に立てば誰かが不利になると考え一度も証言台に立つこともなくすべての責任を自分に負わせ死刑台に上ることになる。

ほとんどの人が広田は無罪と考えていたが、判決は死刑でキーナン首席検事までが「何という莫迦《ばか》げた判決か」と言っている。

奥様である静子さんとの出会い、広田の東京裁判の結審後、青酸カリを飲んで自殺された話も悲しくも切ないながらお互い信頼していた様子が伝わってきて暖かい。

浜口雄幸のことは「10 男子の本懐」にある。浜口は大蔵省にいたとき大蔵大臣の秘書官と喧嘩《けんか》し松江、山形、熊本と左遷の連続であったがまさに逆境のときこそその人の真価がわかるというものだ。浜口はいつでもイギリスの「タイムズ」を読み続けていて自己研鑽《けんさん》を怠らなかった。

彼の特質は情熱プラス努力でそういったことが浜口内閣の業績に表れている。内閣を組織した時、浜口は日銀の井上準之助《じゅんのすけ》を大蔵大臣に迎えるのだがそのとき「自分は死んでもいい。死を覚悟してやらざるを得ない。自分と一緒に死んでくれないか」と井上を口説いた。

そして日本の近代史では例のないくらい進歩的な政治をやり遂げた。行財政改革や思い切った軍縮、婦人公民権法や労働組合法にとりくんでいった。

浜口の娘さんの話によると、浜口が暴漢のピストル襲撃事件が原因で亡《な》くなった時、大勢の弔問があったがそのとき井上は玄関を開けるやいなや大声をあげて泣いて入って来たという。共に命を懸けて戦った井上がいかに浜口に深い尊敬の念を抱いていたかを示す逸話である。

この3人の優れたリーダーの話は特に印象に残ったがそれ以外にキングスレイ・ウォードの「ビジネスマンの父より息子への30通の手紙」(訳・城山三郎)のことも触れずにはおられない。この本は私が30歳ごろに読んでどれほど感銘を受けたか、それ以来、私の座右の書になった本である。

企業家の父が跡継ぎの息子に「企業家の要件」として想像力や人間性、自分の信念を守る強い勇気、情報の重要性などを丁寧に伝えているが、それ以外にも結婚相手の選び方や部下との付き合い方など生きる上で大事なこともアドバイスしている。

6歳で父を亡くし、父親のことを知らない私は、父親とはこれほど愛情があるものなのか、父親とはこれほど偉大なのかと感じたものである。

それにしても城山三郎のこの「少しだけ、無理をして生きる」という本はリーダーとはなにか、人はどう生きていくべきかということを深く考えさせてくれる。渋沢のような何でも吸収したがるというその人の持って生まれた資質が大きいところもあるが、何事にも関心を持つという訓練をしていけば確実に成長していけるということでもある。また逆境にあっても腐らず与えられた環境の中で自ら学びとることでリーダーになっていく場合もある。

特に浜口のように資質プラス努力の積み重ねをしていき、リーダーシップを自ら摑《つか》み取っていく姿に大きく惹かれる。

その努力のことについて少し補足したい。

「1　初心が魅力をつくる」ではいつも初心を忘れず、今の自分に安住せず、人から受信し吸収しようとする生き方を勧めている。私はその人が成長するかしないかは出会った人や経験から「学ぶ力」があるかどうかが大きいと考えている。「学ぶ力がある」とは、人から学ぼうという「謙虚さがある」ということである。謙虚さを持っている人はなにごとにも学び自らを鍛えていく。

「5　少しだけ無理をしてみる」では城山が作家になったとき先輩から「いつも自分を少しだけ無理な状態の中に置くようにしなさい」と言われたという。つまりそういう少し高い目標設定が自分を成長させるのだ。

例えば少し頑張って「人を好きになる」ということを考えてみよう。

私は以前、「逆説の10か条」という人生訓を読んだことがあるが、その第1条が「それでもなお人を愛しなさい」という言葉であった。人には好き嫌いの感情がありそれを克服するのは簡単ではない。好き嫌いは人間が持って生まれた自然の感情なのでそれに逆らうには我慢がいる。我慢は苦痛だがそれは目先の苦痛で長い目で見れば大きなリターンを得ることができる。人には良いところと欠けているところと両方あるが、なるべくその人の長所を見て欠点は許すようにして出来るだけその人のことを好きになる。少し無理をして相手を好きになればその人もこちらを好きになり信頼もしてくれるのでいろいろなことが上手《うま》くいき自分の人生を大きく広げられるということだ。

「8　強く生きる」では城山は「戦前、強いと思ったのは大義を盲信し大号令に従っただけの強さだった。大号令に従わない強さ、離れていく強さが本物の強さ」と言っている。人は実に弱い存在だから柔軟に生きていかなくてはならない。自分を支えてくれるのは自分しかいない。

だから自分の経験や自分の意思でそれを一歩一歩作り上げていくことだ。

私は「自分が何者であるか、どう生きたいか、どう働きたいか」を見定めることは決意と覚悟がいると考えている。そういうことを人生の節目節目に自分に問うてみる、考える習慣をつけていくことが大事だと思っている。「良い習慣は才能を超える」というのは私の持論である。

（平成二十四年四月、東レ経営研究所特別顧問）

この作品は平成二十二年二月新潮社より刊行された
『逆境を生きる』を改題したものです。
（一九九五年五月三〇日に行われた福岡県立修猷館高校
での講演などをもとに構成しました。　構成・楠瀬啓之）

城山三郎著
総会屋錦城
直木賞受賞
直木賞受賞の表題作は、総会屋の老練なボス錦城の姿を描いて株主総会のからくりを明かす異色作。他に本格的な社会小説6編を収録。

城山三郎著
役員室午後三時
日本繊維業界の名門華王紡に君臨するワンマン社長が地位を追われた——企業に生きる人間の非情な闘いと経済のメカニズムを描く。

城山三郎著
雄気堂々
（上・下）
一農夫の出身でありながら、近代日本最大の経済人となった渋沢栄一のダイナミックな人間形成のドラマを、維新の激動の中に描く。

城山三郎著
毎日が日曜日
日本経済の牽引車か、諸悪の根源か？　総合商社の巨大な組織とダイナミックな機能・日本的体質を、商社マンの人生を描いて追究。

城山三郎著
官僚たちの夏
国家の経済政策を決定する高級官僚たち——通産省を舞台に、政策や人事をめぐる政府・財界そして官僚内部のドラマを捉えた意欲作。

城山三郎著
男子の本懐
〈金解禁〉を遂行した浜口雄幸と井上準之助。性格も境遇も正反対の二人の男が、いかにして一つの政策に生命を賭したかを描く長編。

城山三郎著
硫黄島に死す
〈硫黄島玉砕〉の四日後、ロサンゼルス・オリンピック馬術優勝の西中佐はなお戦い続けていた。文藝春秋読者賞受賞の表題作など7編。

城山三郎著
冬の派閥
幕末尾張藩の勤王・佐幕の対立が生み出した血の粛清劇〈青松葉事件〉をとおし、転換期における指導者のありかたを問う歴史長編。

城山三郎著
落日燃ゆ
毎日出版文化賞・吉川英治文学賞受賞
戦争防止に努めながら、A級戦犯として処刑された只一人の文官、元総理広田弘毅の生涯を、激動の昭和史と重ねつつ克明にたどる。

城山三郎著
打たれ強く生きる
常にパーフェクトを求め他人を押しのけることで人生の真の強者となりうるのか？　著者が日々接した事柄をもとに静かに語りかける。

城山三郎著
秀吉と武吉
―目を上げれば海―
瀬戸内海の海賊総大将・村上武吉は、豊臣秀吉の天下統一から己れの集団を守るためいかに戦ったか。転換期の指導者像を問う長編。

城山三郎著
わしの眼は十年先が見える
―大原孫三郎の生涯
社会から得た財はすべて社会に返す――ひるむことを知らず夢を見続けた信念の企業家の、人間形成の跡を辿り反抗の生涯を描いた雄編。

新潮文庫の新刊

乃南アサ著
家裁調査官・庵原かのん
家裁調査官の庵原かのんは、罪を犯した子どもたちの声を聴くうちに、事件の裏に潜む問題に気が付き……。待望の新シリーズ開幕！

燃え殻著
それでも日々はつづくから
きらきら映える日々からは遠い「まーまー」な日常こそが愛おしい。「週刊新潮」の人気連載をまとめた、共感度抜群のエッセイ集。

松家仁之著
火山のふもとで
読売文学賞受賞

若い建築家だったぼくが、「夏の家」で先生たちと過ごしたかけがえない時間とひそやかな恋。胸の奥底を震わせる圧巻のデビュー作。

岡田利規著
ブロッコリー・レボリューション
三島由紀夫賞受賞

ひと、もの、場所を超越して「ぼく」が語る「きみ」のバンコク逃避行。この複雑な世界をシンプルに生きる人々を描いた短編集。

藍銅ツバメ著
鯉姫婚姻譚
日本ファンタジーノベル大賞受賞

引越し先の屋敷の池には、人魚が棲んでいた。なぜか懐かれ、結婚を申し込まれてしまい……。異類婚姻譚史上、最高の恋が始まる！

沢木耕太郎著
いのちの記憶
—銀河を渡るII—

少年時代の衝動、海外へ足を向かわせた熱の正体、幾度もの出会いと別れ、少年時代から今日までの日々を辿る25年間のエッセイ集。

少《すこ》しだけ、無《む》理《り》をして生《い》きる

新潮文庫　し－7－36

平成二十四年八月一日発行
令和七年二月二十日十七刷

著者　城《しろ》山《やま》三《さぶ》郎《ろう》
発行者　佐藤隆信
発行所　株式会社　新潮社

郵便番号　一六二―八七一一
東京都新宿区矢来町七一
電話　編集部(〇三)三二六六―五四四〇
　　　読者係(〇三)三二六六―五一一一
https://www.shinchosha.co.jp

価格はカバーに表示してあります。

印刷・株式会社光邦　製本・株式会社植木製本所

ISBN978-4-10-113337-9 C0195